KB076958

애인의 선물

김명순

애인의 선물

김명순

사과
꽃

Charles Courtney Curran
Hollyhocks and Sunlight
1902

차례

여는 시
시詩로 쓴 반생기

1 생명의 과실果實

2 따스한 마음을 잊지 못해서

애인의 선물

석공의 노래

닫는 시
유언

단편 소설

여는 시

시詩로 쓴 반생기

거룩한 노래

꽃보다 고우려고
그대같이 아름다우려고
하늘에 땅에 기도를 했답니다.

신神보다 거룩하려고
그대같이 순결하려고
바다에서 산에서 노래했답니다.
그리하여 맑고 고운 내 노래는
모두 다 그대에게 드렸더니
온 세상은 태평하옵니다.

『조선시인선집』 1926

고혹 蠱惑

꿈나라의 애인이시어
지금 이세상 아닌 달콤한 노래에
고요히 잠든 귀를 기울였나이다

얼마나 자유로운 조율이오리까
몸은 정화되어 날개를 달고
꽃피운 공간을 날으려나이다

덧없는 세상 운들 그대와 나
내 앞에 큰 길을 걷지 않고
그대 앞에 동굴을 찾지 않았습니다

그러나 눌리었던 우리들을
해방하는 노래가 들려지오니
우리는 꿈길을 버립시다

애인이시어 애인이시어
여기 깊고 그윽한* 세상에
길이 있으니 이리 오십시오

---

* 원문 유현경幽玄境을 풀어씀.

13

애인이시어 애인이시어

사람 모르는 그곳에

길이 있으니 날개를 펴십시오

『개벽』 1922.6

외로움의 부름

아니라고 머리는 혼들어도
저녁이 되면은
먼 고향을 생각하고
뜨거운 눈물방울 짓는다.

오— 먼 곳서 표류하는
내 하나님 그 속에 계신
아픈 가슴아 가슴아.

물결에 살아 추워도 바람에 밀리어도
가슴속을 보면은 피 아픔을 보면은

하나님을 생각하고, 고향을 못 잊고,
무릎을 굽혀 우리의 기도를 또 한다.

오— 벗아 아는가 모르는가
이 몸은 그대를 그리워 마르고
이 마음은 그대로 인해 높았음을.

그러면 가리까

긴 병자의 임종같이
흐리든 날이 방금 숨질 그때
왜? 당신은 머리를 돌립니까?
고운 꽃밭에 날이 그몰면*은
태양이 꽃 앗긴가 하련마는
아아 그대 앞에 내가 섰을 때
머리 돌리던 그대 위해서 아아
그러면 울던 내가 가리까?

그러면 내가 가릿가
한 영혼이 한 영혼에게
기꺼운 만남을 준것도
한 행복幸福의 끄나풀이
우리를 얽어맨 것도
아아 또 내가 그대앞에 선 일도
고목枯木에 꽃이 핀 일까지도
다 잊어버리고 아아
그러면 웃던 내가 가릿가
오오 그대

---
* 저물면의 옛 말

오오 그대
가시덩굴옆에 꽃장미같이
내가 인생을 헤매일 때
빵긋 웃고 머리를 든
오오 그대

문란한 꽃을 사랑치않는 대신
사람을 사랑할줄 아는 그대
가시 같은 시기를 품고
내 양심을 무찌르지 않는 그대
가시덩쿨에 무찔린 나를
인생의 향기로 살려낸 그대
오오 그대여 내 시람이어

《조선일보》1926. 8. 19

외로움

아니라고 머리는 흔들어도
저녁이 되면은
눈물이 나도록 그리울 때
뜻하지 않았던 슬픔을 안다

《조선일보》1924. 7.13

시詩로 쓴 반생기半生記

유시幼詩

1
어리든 때
유모의 등에서
어머니의 무릎으로 옮겨가면서
매일 코를 씻기웠다.

장마지난 흣물궁덩이에
맨발로 들어서서 엄마엄마 부르면
—아가—가슴이 서늘한 소리
젊은 유모의 달려오는 숨소리

하녀의 등을 애가타서 두 다리며
이 애야—엄마 어디 갔어
엄마 찾아 가자—졸라대면
할머니가 뺏어 업으며 눈꿈적꿈적

—발버둥이 고만쳐라 허리 아프다
다—자란 아이가 유모는 무엇 해

한강江東 다리아래 갖다버릴까부다
엄마 집에 있지 유모도 엄마야

나는 새파란 초록저고리
오빠는 남자색藍紫色 조고리
아침밥에 나는 닭의간肝 두쪽 먹고
오빠는 닭똥집에 욕심만 부리고

엄마 머리 아퍼
저어 오빠가 맹꽁이가
대통으로 내 이마를 때려
엄마 오빠 때려주어 어서

2
하늘천따지, 하늘천따지,
하늘천!! 아버니의 꾸지람소리
―소를 가리치는 편이 낫겠다
언제 천자문千字文 한권 떼인단 말이냐―

오빠야 내 저고리 이쁘지

할머니 어서 옷 입혀주
오빠가 못맞힌 글 먼저 맞히고
처음으로 상賞받았단다

보 뭇던 헝겁을 꼭꼭 묶어 놓고
부전깁던색色 헝겁꼭꼭싸두고
골무 인제 나는 싫다 손톱 아퍼
나 여섯살인데 나이 늘인단다

엄마 학교에 가지고 갈 선물주
꼬꼬하는 닭 두머리 쌀한말
아니 북어 한쾌 쌀 한말 놈이 가지고
방울소리 달랑달랑 학교 갔단다

　　—아가 너 어디가니—동리어른 물으시면
　　—나는성교聖教학교에 갑니다
　　—너 어서 학교에 가서 천자千字 떼고
책冊시세*해오너라. 아가.

_____

* 책거리의 방언

달랑달랑 앞서가서 문을 열었더니
눈이 노—란 서양선생님
에크머니 눈이 노—란사람도 잇어
엄마 으악

아가 울지마라 얼른 낯익어지지
내일부터 학교에오너라
—우리 애기는 머 울기쟁이랍니다
—글쎄 너무 어려 숙성은 한 걸

애나야 보배야
인실아 우리글 읽자구나
탄실이는 글도 속히 앞섰다
벌써우리하고 한 반이로구나

조개송편 깨송편
찰떡하고 힌떡기름 발느고
설탕 한항아리 꿀 한항아리
오늘이 내책冊시세란다

적은 발 조심이 잘가거라

내일 또 만나자 탄실아

내일 우리집에 모이자 애나야

대동강으로 어름지치기 하러 가자

집으로 돌아갈 책보 싸 놓은 다음

성당에 들어가 기구祈求하고 손셋고

나란히 앉어 떡한봉지씩 먹은후

먹다 남은 떡 책보冊褓에 싸놓았지오

성연聖誕때 집에서분홍모본단조거리

연록색 연주軟綠色元紬치마 상賞받고는

단장丹裝하고 성교당聖教堂에서 미사 참례하고

입분딸 비누 꽃책보선물冊褓膳物 받엇지오

봄날이라 화창和暢한 때

예배당 마치고 푸르른 잔디 밟아

동무끼리 성城밖게 놀러 갔지오

먼산에 아즈랭이 끼고 새 지저귀는소리

놀러 갔다가

큰언니들은 걱정소리 듣고
집으로 타방타방 걸어와서 보면
오빠맹꽁이가 내각 시간 뒤집었어요

한밤자고 또 한밤자고
한달지나 두달지나 한해 잇해
본홍粉紅옷 잔뜩 해가지고 여들살에
서울로 유학 갔더란다

3
동무동무 일천一千동무
동무동무 욕辱동무
아이들은 시험때 내 시험지 베끼고
부모들은 우리 집에 와 돈꾸어갔다

공부하다 울기도 잘하고
울다가 공부도 잘하고
자다가 가위도 잘 누리고
그래도 우등優等은 하였다나

방학때 큰 집가서도
기숙사 생각하고 또 울면
나들이온 고모姑母가 일르기를
―왜 울고 짜고 보채기만 하니

―내 시집살이 이야기 들어보아라
구습부모명령순종舊習父母命令順從하노라니
아침 치르고 왼종일 베틀에서 베짜고
저녁시작하노라면 다리가 아프단다

―그런데 너는
큰 아이들도 못하는
서울 공부 다니면서
울기는 웨 우니 울지마라

어려운 공부 다 마치고
이번에는 동경유학 가노라니
부모님은 은행빚에 몰리고
나는 학비군색窘塞*에 설움보았다

---

* 궁색하다. 가난하여딱한 상태. 구성진 옛말, 옛표기법을 살려 원문위주로 실음.

드높은노래

1
어스렁 저녁 때
사곡풍경중四谷風景中에 하나인
S대학大學 지붕우에 나서면
일일一日의 소비消費를 잊었었다

적반이궁赤坂離宮부근에
화려한 녹색綠色의 조화調和
프르른 눈정신精神 모두워
고요히 성당聖堂으로 옮겨왔다

원근遠近의 삼림―
짙어지는 녹색綠色의 색채色彩
상학上學종鐘소리가 울면
『저물었다 내일 또』

『나는 창窓을 바라보기도 하고
동무들과 노래도 부른다

나도 저녁을 먹는다
그리고 책冊을 본다』

예수회 수도원修道院에
단순한 회화교수會話敎授
몸과 마음 거듭나도록
내가 전심치심專心致心하였다

2
검푸른 바람이
높은 집창窓 기슭들을 울리였다
질투에 어두운 눈동자瞳子들이
없는 희생물을 찾았다.

사물 떨어져 흐르는 호수 위로
언덕에 굽어선 낙낙장송落落長松이
오한惡寒의 몸서리를 부르를치고
높은 소나무 한그루 부러졌다

이끼로 새파란 웅뎅이물결

도회의 하수구 막고 잔잔潺潺하다
단간방單間房 안을 습격襲擊하는 질투嫉妬
야학시간夜學時間마다 무리지어온다

텅비인 교실敎室안에
드높은 마음 울고
나보다 오분伍分은 높은 그이가
비참한나를 힘써주었다

적은 한촌寒村의 생장生長인내가
도회에 나온 바에는
금전金錢이고 학식學識이고
어느 편이나 얻어야 하였다

3
아침학교 저녁학교
그다음에 과자菓子장사
명태같이 마른 나는
외로운 인생이었다

5월 일요일 늦은아침

도회都會의 소음騷音에 놀라

눈을 번쩍 낮썻고

발 빠르게 성당에 간다

아아 성당은 나의 천국天國

우리 선생님들은 천사天使같고

거룩한 주일 날 위하여

모인 신자信者들은 정화淨化되었다

겸손한 음향音響의 창가대唱歌隊

아름다운 테너의

자유자재自由自在한 발성이

천사찬양天使讚揚하는 것이었다

그 성당聖堂안에도 한해 잇해

다음 다음 유행流行따라서

탐미파眈美派가 쫓겨가고 실질파實質派

헤라클레이토스*의 Pantahei다

---

* 고대 그리스 철학자. 모든 것은 끝없이 변한다는 사상.

4
거룩한 성당聖堂안에서
설교하신 예수의 말씀들도
장사하는 길거리에서는
악화惡化되어 나를 울리었다

조소嘲笑하려는 어구語句들
농락籠絡하려는 수법手法들
동경정경東京情景 나는 몰라
젊은 지조志操 한결같다

야학교안에는 여급女給급의 전횡專橫
성당안에는 스파이 종류의 출몰
사람을 낚는 총銃알 눈동자들
외로운 내 한몸 의심疑心스러웠든가

머리를 숙이고 생각하여도
동경인사東京人事 반갑지안코
고난스런 살림 7,8년에
열렬熱裂한 정열情熱 몰라왔다.

그학교 그성당 그대로
우리朝鮮에 옮겨 올까
학식學識에 주린 우리민족들
정결淨潔한 마음씨로 오리랄가

요리집 심부름하는 여자인지
코빨간 노인짝지어 와서는
수도사修道士의 불안不安을 북돋으려고
자기네의 희생이 되란다.

사람 영혼의 사망死亡을
헛되이 알려는 악령의 태도
상벌賞罰을 편가르는 욕물慾物
성당안도 전쟁터이엇다.

Morgenstern voll strahlen pracht
Zier der Himmels—auen
성쯀스러운 멜로디를 따라
나도 이따금 불러본다.

5
청년시인青年詩人이 전 일본을
방황하다가 돌아와도
내놓을 사람은 마른 여자女子
그뿐이라고 할까요?
봄날아침 10시에

미사를 마친 우리는
새벽부터 나리는 봄비를 맞고
성당뜰에 내리서서 개웃개웃

그다음 일요일에는
파릇파릇한 바주생담生垣들고
잘자라는 잔디밭위로
오락가락 샛길이 열리었다

새 지저귀는 봄날 아츰에
돌돌 구르는 말소리 거실러
새벽미사에 참예하면
파랑새 우짖었다.

오오 조물주의 신비神祕

청춘의 넘처흐르는 재능才能

고난을 겪어도 아름다웁고

더러움 모르듯 거룩하엿다.

어느때는 왕자와같이

어느때는 빈민같이

나의 모든 허물 구하시라고

신단神壇에 미사 사仕를 드시었다.

붕붕 탕탕 경축일의 발포發砲

나의 예배禮拜를 신성神聖케 하엿다

나의 지도자指導者 페드루*그이는

내 전생全生에 외로운 동무.

길

길… 내가마음먹기는

---

* 프랑스 극작가 라신의 희곡

음향과 색채의 서안西岸을 전傳하야
착한 이들의 교회당
길… 내가 치를 떨기는
아우성소리나는 시장市場의
담과 담사이벽과 벽壁사이
이녕泥濘을 건너는 외나무다리

길… 내가 그리기는 장長江의
산山넘어 들 지나 바다에 드는
굽이굽이 감도는 길

길… 내가 기뻐하기는
모든 제방堤坊을 넘어 바다에 드는 것같이
미래未來로 미래未來로 보조步調를 어우르는
모두 다 완성完成의길

길… 내가 읽기는, 레일의
울면서 웃으면서 바로 달아나는
별의궤도軌度 또 인심人心의동작動作

길… 내가 배우기는 천류川流의

구곡구절九曲九折의 산길을 평지로 가는
님의 길, 진리眞理의 길

《동아일보》1938. 3.10~12

1

생명의 과실果實

이 책을 오해받아온 젊은 생명의 고통과
비탄과 저주咀呪의 여름[*]으로 세상에 내놓습니다.

---

* 열매

탄식

둥그런 연잎에 얼굴을 묻고
꿈 이루지 못하는 밤은 깊어서

비인 뜰에 혼자서 설운 탄식은
연잎의 달빛같이 희뜩여 들어

지나가던 바람인가 한숨지어라.

외로운 처녀 외로운 처녀 파랗게 되어
연잎에 연잎에 얼굴을 묻어.

유리관 속에

뵈는 듯 마는 듯한 설움 속에
잡힌 목숨이 아직 남아서
오늘도 괴로움을 참았다
작은 작은 것의 생명과 같이
잡힌 몸이거든
이 설움 이 아픔은 무엇이냐
금단의 여인과 사랑하시든
옛날의 왕자와 같이
유리관 속에서 춤추면 살 줄 믿고
일하고 공부하고 사랑하면
재미나게 살수 있다기에
미덥지 않은 세상에 살아왔었다
지금 이 뵈는 듯 마는 듯한 설움 속에
생장生葬되는 이 답답함을 어찌하랴
미련한 나! 미련한 나!

사랑하는 이의 이름

칠성아 칠성아
네 이름이 흔하건만
초당집 보비는 삼년 전부터
가만히 자라는 마음의 풀을
베어버릴 힘 없어서 「칠성」이라고
피로 쓰고 피로 지워 피로샀다.
사람의 손이 가닫지 않는 밭에
깨끗한 마음 속 깊이 자라는 풀이라.

칠성아 칠성아
저 냇가에는 노란 꽃이 피면은.
뚜렷한 달이 올라와서
가만히 피여 있는 사랑의 꽃을
시들지 않으려고 「그리움」을
빛으로 비치고 빛으로 받는다.
그러나 보비는 그늘에 우니
칠성아 칠성아 네 이름이 봉선화라.

귀여운 내 수리

귀여운 내 수리
사람들의 머리를 지나
산을 기고 바다를 헤어
골 속에 숨은 내 맘에 오라.

맑아 가는 내 눈물과
식어 가는 네 한숨,
또 구르는 나뭇잎과
설운 춤추는 가을 나비,
그대가 세상에 없었던들
자연의 노래 무엇이 새로우랴.

귀여운 내 수리 내 수리
힘써서 아프다는 말을 말고

곱게 참아 겟세마네를 넘으면
극락의 문은 자유로 열리리라.

귀여운 내 수리 내 수리
흘린 땀과 피를 다 씻고
하늘 웃고 땅 녹는 곳에

골엔 노래 흘리고 들엔 꽃 피자
그대가 세상에 없었던들
무엇으로 승리를 바라랴.

그때까지 조선의 민중
너희는 피땀을 흘리면서
같이 살 길을 준비하고
너희의 귀한 벗들을 맞아라.

싸움

늙은 병사가 있어서
오래 싸왔는지라

왼 몸에 상처를 받고는 싸움이 싫어서
군기를 호미와 괭이로 갈았었다

그러나 밧고랑은 거세고
지주는 사나우니
씨를 뿌리고 김은 매여도
추수는 없었다

이에 늙은 병사는
답답한 회포에 졸려서
날마다 날마다 낮잠을 자드니
하루는 총을 쏘는 듯이 가위를 눌렀다

아―이상해라 이 병사는
군기를 버리고 자다가
꿈 가운데서 싸왔던가
온 몸에 병이 들어 죽었다.

사람들이 머리를 비트렀다
자나 깨나 싸움이 있을진대

사나 죽으나 똑같을 것이라고
사람마다 두 팔에 힘을 내뿜았다

무제 無題

노란실 푸른실로 비단을 짠듯
평화로운 저녁들에
종달이 종일終日의 노래를
저문空中에서 부르짖으니
가는 비오는 저녁이라.

내 어머니의 감격한 눈물인 듯
개일뜻 말뜻한 저녁하늘에
비참한 나 큰 괴로움을
소리 없이 우르러 고告하니
가는 비오는 저녁이라.

봄동무의 치맛자락 감초이듯
어슭 어슭한 어둠의 막내려
천하의 모든 빛 모든소리
휘덮어 싸 노으니
가는 비오는 저녁이라.

(京都서)

46

탄실의 초몽 初夢

힘 많은 어머니의 품에
머리 많은 처녀는 울었다.
그 인자한 뺨과 눈에
작은 입 대면서
그 목을 꼭 끌어안아서
숨 막히시는 소리를 들으면서.

차디찬 어머니의 품에
머리 많은* 처녀는 울었다.
그 냉락한** 어머니를 보고
어머니 어머니
우왜 돌아가셨소 하고 부르짖으며
누가 미워서 그리했소 하고 울면서.

춘풍에 졸던 탄실이
설한풍에 흑흑 느끼다
사랑에 게으르든 탄실이
학대에 동분서주하다
여막에 줄 돈 없으니

---

* 다 큰 어른이 울었다는 뜻추정
** 사이가 멀어 외롭고 차다.

47

돌베개 베고 꿈에 꿈을 꾸다

꿈에 전같이 비단이불덮고
풀깃 잠드러 꿈을 꾸니
우레는 울어오고
비방울이 뚝뚝 듣는다
탄실은 화다닥 몸을 일으키어
버럭 소래를 몰리어
힘껏 달아났다
다라날수록 비와 눈은
그 헐벗은 몸에 쏟아지고
요란한 소리는 미친 듯 달려들다
그는 나무그늘에 몸을 숨겼다

혼 하늘이 그에게 호령하다
'전진하라 전진하라'
그는 어린 양같이
두려움에 몰리어서
헐벗은 몸 떨면서도
한없이 달아났다
그동안에 날은 개였더라

청댑싸리 들러심은 푸른 길에
누군지 그의 손을 이끌다
그러나 그는 호올로였다.

(서울에서)

길

길 길 주욱 벗은 길
음향과 색채의 양안兩岸을 건너
주욱 벗은 길

길 길 감도는 길
산 넘어 들지나
굽이굽이 감도는 길

길 길 적은 길
벽과 벽새이에
담과 담새이에
적은 길 적은 길

길 길 유현경幽玄境의 길
서로 아는 령혼이 해방되여 만나는
유현경幽玄境의 길 머리위엣길

길 길 주욱 벗인 길
음향과 색채의 양안을 전하야
주욱 벗은 길
주욱 벗은 길

분신

눈을 감으면
밤도 아니고 낮도 아니고
남빛 안개 속의 조약돌 길 위를
한 처녀 거지가 무엇을 찾는 듯이
앞을 바라보고 뒤를 돌아보고
새파랗게 질려서 보인다.

내 머리를 돌리면
분명히 생각나는 일이 있다
삼 년 전 가을의 흐린 아침이었다
나는 학교에 가는 길가에서
나를 향해 오는 그림자를 보았다
그리고 "어디를 가시오" 하는
그 분명한 음성도 들었다.

그러나 나는 멈추는 그의 발걸음을
멈출 틈도 없이 쏜살과 같이
저의 앞을 말없이 걸어갔다
그리고 내 마음속에

겨우 삼 년 기른 환상의 파랑새를

그 길 너머로 울면서 놓았다.

하나 이 명상의 때에
무슨 일로 옛 설움아 또 오는가
사람에게 상냥한 내가 아니었고
새를 머물러 둘 내 가슴이 아니었다
가시 덩굴 같은 이 가슴속에서
옛 설움아 다시 내 몸을 상하게 말라
믿고 바라고 눈 아프게 보고 싶던 도련님이
죽기 전에 와주셨다 춘향은 살았구나
쑥대머리 귀신 얼굴 된 춘향이 보고
이 도령은 잔인스레 웃었다 저 때문의 정절이
자랑스러워
「우리 집이 꽉 망해서 상거지가 되었지야」
틀림없는 도련님 춘향은 원망도 안했니라
오! 일편단심

모진 춘향이 그 밤 새벽에 또 까무러쳐서는
영 다시 깨어나진 못했었다 두견은 울었건만
도련님 다시 뵈어 한을 풀었으나 살아날 가망은
아주 끊기고

온몸 푸른 맥도 홱 풀려버렸을 법
출도 끝에 어사는 춘향의 몸을 거두며 울다
「내 변가보다 잔인 무지하여 춘향을 죽였구나」
오! 일편단심

저주 咀呪

길바닥에 구르는 사랑아
주린 이의 입에서 굴러 나와
사람 사람의 귀를 흔들었다
「사랑」이란 거짓말아.

처녀의 가슴에서 피를 뽑는 아귀야
눈먼 이의 손길에서 부서저
착한 여인들의 한을 지였다
「사랑」이란 거짓말아.

내가 미덥지 않은 미덥지 않은 너를
어떤 날은 만나지라고 기도하고
어떤 날은 만나지지 말라고 염불한다.
속이고 또 속이는 단순한 거짓말아.

주린 이의 입에서 굴러서
눈먼 이의 손길에 부서지는 것아
내 마음에서 사라저라
오오「사랑」이란거짓말아!

기도

거울 앞에 밤마다 밤마다
좌우편에 촛불 밝혀서
한없는 무료를 잊고 지고
달빛같이 파란 분 바르고서는
어머니의 귀한 품을 꿈꾸려.
귀한 처녀 귀한 처녀 설운 신세 되어
밤마다 밤마다 거울의 앞에.

심추[*] 尋秋

가을을 찻노라니
깊은 골에 왔고나

물소래 그윽하야
깁흔 정情 아노라네

이곳이 어드매냐
홍황적紅黃赤 난만爛漫한대

《효종曉鐘》1925

---

[*] 『신여성』1923

그쳐요

아아 그쳐요
그 익지 않은 비오론*의 탄식
처마 끝에 눈 녹힌 물이 똑똑들어
아버지의 옷깃을 적실만 하니
그쳐요 톱 타는 소리같은 것을.

아아 그쳐요
그 흐릿한 수선스런 노래를
삼월아침에 볕이 따뜻해서

어머니의 가슴속에 눈이 녹으니
그쳐요 목 간지러운 거위소리를.

오오 그쳐요 오빠야
그 무심코 익은 피아노소리
좀 더 슬프다구
좀 더 유쾌해다구
사람좋은 오빠야

이웃분주한밤에, 서울서

---

* 바이올린의 불어 발음.

2

따스한 마음을 잊지 못해서

신시 新詩

외그림자조차 놀라운
외로운 여인의 방에는,
전등조차 외로워하는 거 같아
내 뒤를 다시 돌아다본다.
외로운 전등 외로운 나,
그도 말없고 나도 말없어
사랑하는 이들의 침묵 같으나
몹쓸 의심을 함만도 못하다.

《조선일보》1924. 7. 13

언니 오시는 길에

언니 오실 때가
두벌 꽃필 때라기에
빨간 단풍잎을 따서
지나실 길마다 뿌렸드니
서리찬 가을바람이 넋잃고
이리져리 구릅니다.

떠났던 마음 돌아오실 때가
물위에 얼음 녹을 때라기에
애타는 피를 뽑아서
쌓인 눈을 녹혔더니
마자간 겨울바람이 취해서
또 눈보라를 칩디다

언니여 웃지 않으십니까
꽃같은 마음이 꽃같은 마음이
이리져리 구르는대로
피같은 열성熱誠이 오오 피같은 열성熱誠이
이리 져리 깔린대로
이 노래의 반가움이 무거운 것을

《조선문단》 1925.5

61

무제

나는 들었다
굴문이에게는 밥먹으란 말 밖에 안들리고
음부에게는 탕녀 소리밖에 안들리고
난봉의 입에서는 더런 소리밖에 안나오는 것을

《조선일보》1925.7.6

무제

한 알의 쌀알을 얼른 집어물고
하늘 나는 마음아
사람의 구질구질한 꼴을
눈 여겨 보느냐 네 작은 새의 몸으로서
이리 비틀 저리 비틀
쌀 물에 취해 너털거리는 주정뱅이
아무나 모르고 툭툭 다 치고 지난다
세상아 이 책임 누구에게 지우느냐

《조선일보》 1925.7

창궁 蒼穹

파―란 가을하늘
우리들의 마음이엄숙할 때
감미로운 기도로 채워서
말없이 소리없이 웃으셨다

파―란 가을물결
그들의마음이 노래할때
애처러운 사랑으로 넘쳐서
고요히 한결같이 보셨었다

오오 가을하늘 우리의 집아
많은 어제와 많은 오늘을
가장 아름답게 듣고 본대로
영원히여우언히 지키라.

《조선문단》 1925. 5

달밝다기에

『달밝다』기에
뜰에 내려 하늘을 살피니
달은 바로 내 머리 위더라
첫일월一月의 둥근 달도 조흐련만
『방문 밖 나서 동모의 얼굴
대문 밖 나서 선생의 얼골
유명계幽明界 넘어 엄마의 얼골』
가만히 다시 외어본다

《동아일보》1925.5.31

5월의노래

종달의노래 구름속에 우러
나즈레한 봄하늘 드높은 노래 품고
흐린 못물을 밝게 비칠 때
돌돌 말린 연잎이 깨끗이 움나온다.

처녀의 노래 산우에 우렁차
북방北邦에 길 떠나신 님 그리웁다고
타는 가슴에 두손 길을 언저
그리운 노래 온 세상에 사무칠때
깊은 정이 먼 길을 없이한다.

『꽃가지마다 빛다른 나비들은
그 안길 품을 그리어 춤추고
바람결마다 쑥스러운 풀씨들은
그 앉을 자리를 찾아 휘날린다.』고
부르는 5월의 노래 인정人情을 궁글는다.

『조선시인선집』 1926

황혼 黃昏

또있다! 또있다!
어스렁 저녁때
은행銀杏 줍던 소녀들
사면을 돌아보고
툭툭 털면서 쿨적쿨적

어서가자! 어서가자
집엣 길을 빨리 할 때
달빛을 둘러 쓴 소녀들
풀밭에 노르스름한 꽃 보고
달 뜨자 꽃피네 해해

《동아일보》1926.6.29

만년청 萬年靑

두 잎파리로 폭 싸서
빨간 열매를 기르는 만년청萬年靑
영원永遠한 결합結合이 있다 뿐입니다

서로 그리는 생각은 멀리 멀리
천필 명주千疋明紬 길이로 나뉘어도
겹겹이 접어 그네줄을 꼬지요

하물며 한 성안에 사는 마음과 마음
오다가다 심사 다른 것은
꽃과 잎의 홍紅과청靑이지요

『조선시인선집』1926

비가 悲歌

一

오오오빨간연지燕旨
누구와 속삭이랴
붉든입살프르라
다시야웃어보랴
희던얼골검으라
거울을들어보랴

二

그처녀살엇단다
죽엇다깨엿단다
부모父母는빠저죽고
동무는얼어죽고
살든집무너진후
죽어서살았단다

《동아일보》1927. 11. 14

비련 悲戀

쓸쓸한거리끝에 님오실 리 없거늘
그리운 청도情度져서 오신들 달떠진다
행幸여나같은 모양 눈앞에 버려지리

이몸이 놓여나면 바위라도 뚫고
님향한 설운 정 쏟아 부으련마는
빈궁貧窮에 붙들린 몸 움직일 길있으랴

《동아일보》1927.12

수건 手巾

동요(童謠)

1
언니의 손은 하얀 손
동생의 손은 빨간 손
하얀 손은 크기도 하고
빨간 손은 적기도하고

2
언니의 하얀 손으로
동생의 수건을 지으면
빗갓 코 빨갓코
동생의 빨간 손으로
언니의 수건을 지으면
하얏코 하얏치요

『새벗』1928.1

시내의 흐름아

사람모르는 높은 봉오리에 샘솟아
밑으로 밑으로 흐르면서도
태양의 목마름에 삼키여서
의심으로 하늘의 낯샘 가리다가도
감격한 눈물이 되여 스며드는
시내의 흐름아 금金거문고야
사람이아는 평디에 식히워서
급하게 급하게 시원히 흐르면서도
엄마의 따뜻한 맘을 못잊어서
모든 것을 씻겨 가볍게 하다가도
빨갛게 성내여 휩쓸어내는
시내의 흐름아 옳은 생각아
사람의가슴에 고요히샘솟아
밑으로 밑으로 흐르면서도
아직 그산봉오리를 못잊어서
강가의 산이라면은 바래다가도
오오 땅의패인 가슴찾아 궁글르는
시내의 흐름아 맑은 거울아

《조선일보》 1924.12.29

마세요

여보세요 땅이라도
나이먹으면 식어요 식어요
가슴앓는 늙은이에게……
추파 염서艶書 유혹 모함이 옳으냐고

다 잊어버린 늙은이라도
그 점 뜬 때는 싫대요 싫대요
또 볼찌거기에 만족하는 도야지에게
던질 진주도 양식도 사려思慮도 총절품總絶品이라고

《조선일보》1924. 12. 29
염서艶書 연모의 정을 써보낸

애인의 선물

불꽃

1
야이가던 사강沙江아 해심海心에 닷주려마
사나운 물결 뛰여 누리를 뒤집어도
외배에 불꽃 직혀 하늘에 별하나다

2
내몸이 내거라니 아니다 또아니다
그리워 꿈에보면 사랑의인질人質이오
외로워 고쳐보면 아픔의 포로捕虜로다

희망 希望

1

방울 듯는 샘터에 왼 종일 앉았으니
돌부처 살아와서 내 귀에 이르기를
네 소원이 무어냐 바다로 가랴느냐

2

모랫길에 이는 잔잔한 시내물아
내 목소래 높이어 네 이름 부르노라
바다로 가는 길을 나 함께 가자꾸나

3

한 고개 넘어서면 바다 가에 가리니
물결을 부셔내는 엄격한 벼랑처럼
배워가는 내 길에 귀한 님 기다린다

4

그이의 얼굴은 빛의 저수지러라
대리석에 쪼히면 생명이 불어난다
내 앞으로 오시면 어두운 눈 밝으리

무제

1
강변 버드나무에
내 적은 키를 대여보며
기자묘箕子墓 기슭에 꽃을 딸 때
아아 아름답든 그 노래에

2
지금 나는 성장成長하고
강변수양江邊垂楊은 노쇠老衰하였다
그러나 내 노래는 비가悲歌는
어느 날에 행복幸福되어 보리

바람과 노래

1
떠오르는 종달이 지종지종하매
바람은 옆으로 애끓이더라
서창西窓에 기대선 처녀
님에게 드리는 노래 바람결에 부치니
바람은 쏜살같이 남으로 불어가더라

《동아일보》1938.4

추경 秋景

1
가을밤 별빛 고와서 치맛자락 펴들고
떠러질 듯 녹여서 한아름 받건마는
허전한 이 모양아 버려지 울어낸다

2
남풍南風에 나붓기던 능라도綾羅島 실버들
한줌 꺾어 올 것을 때 지나 애哀햇스리
상그레 웃던 얼골 구슬피 우니로다

3
가을을 찾놀니 깊은 골에 왔고나
청황적난만淸黃赤爛漫한데 이곳이 어드메냐
물소리 그윽하야 숨은 정情 아노란다

정절 貞節

1
숲속에 늪 있으니 종자種子로 메워진다
철없는 들이면은 잡초雜草로 깊을 것을
연밥 한알 받아서 한떨기 벙긋벙긋

2
더러운 진흙 속에 연꽃빛 고움이어
세파에 부대끼며 의지를 세움같다
두어라 희망이란 곤란困難하다 하거니

곽공 郭公

1

봄날 빛 고와지자 뻐꾸기 울음소리 구슬프고
밀보리 푸르를 제 종달이 우는고나
가는 봄 덧없거니 내 마음 아니 울까

2

사는 날 죽는 날도 뜻대로 못되거든
밉고 고운 그날이 뜻대로 된다 할까
구름 속에 종달이 하늘 우에 고와라

3

그의 집 싸리문을 밤마다 두드리며
크고 높은 소리로 나 괴롭노라고
그리운 서른날은 애훗껏한껏 고告할까

두마음

1
두마음 품은여인女人 뜰 아래 내리설 때
뿌리패인 빨강꽃 다시심어볼 것을
비나 멎진가라고 냉랭冷冷히 이르도다

2
천당길가랴느냐 지옥길 가랴느냐
숨어질 동굴洞窟없이 저주의 신세되어
두 마음 품에 품고 천지에 아득인다

3
밤미다 꿈마다 물결에 젖어울며
두마음 외로운날 바다에게 무르면
외로운 한마음이 깨져서 둘이라고

석공의 노래

두벌꽃[*]

일찍 핀 앉은뱅이
봄을 맞으려고
피었으나 꼭 한송이
그야 너무 적으나
두더지의 맘 땅속에 숨어
흙 패여 길 갈 때

내 적은 꼭 한 생각
너무 춥던 설움에는
구름감취는 애달픔
그야 너무 괴로우나
감람색#藍色의 하늘 위에 숨겨서
다시 한송이 피울까

《동아일보》1938.4

---

[*] 소소(다시 살아날 소甦, 웃다, 피어나다笑) / 다시 고쳐 발표한 시. 두벌꽃은
꽃지고 난 후, 새순에서 다시 꽃이 핀다. 새롭게 다시 태어나고픈 애절한 심정
이 담겨있다.

고구려성을 찾아서

어떤 자는 고구려성 옛터를 찾아서 거닐며 우네
이것은 옛날 우리들의 할아버지가 사시던 곳
살다가 함락당하여 무너진 성의 자취라고
쓸쓸한 깨어진 기와조각 기운 성벽 깨진 솥토기
이것은 한낱 두낱 주우며 우네

아아 쓸쓸타 참말
우리들의 할아버지가 계시던 곳 성이 이렇게 불붙고
무너져
끊기고 패이고 부서져 비에 씻길 줄
부서져 이렇게 쓸쓸한 풀만 무성한 줄
이 풀 성한 고적을 거닐며 우리가 전설을 외우게 될
줄
외우며 옛일을 그려 울게 될 줄!

그러나 벗이여 울지는 마세
우리는 힘을 내세
이것은 조상들이 ××를 위하여
이곳까지 왔다가 죽었다는 것을
우리는 비록 조상의 얼굴 그때에 흘린 붉은 피는
못보았다 할지라도

이 성에 널린 와편, 남은 비석 세우는 대로써도
　넉넉히 우리 조상의 선혈이 묻혔다는 것을 알 수가
있네

　자, 벗들아 파편을 주우며 울기는 너무나 약한
짓이다
　풀잎을 뜯으며 새소리를 들으며 흐르는 구름을
바라보며
　전설을 되풀이하기는 너무나 힘없는 짓이다
　우리는 여기서 느끼세
　힘을 믿세
　힘을 내서 일하세

(일천삼백여 년 전 우리들의 할아버지의 늠름한 기상을 그려보면서.
6월 4일. 만주 무순에서)
《신동아》 1933.8

나 하나 별 하나

별 하나 나 하나
북촌 애들이 부른다

연連닢에 얼골을 묻고 얼골을 묻고
석약夕陽이 옷자락을 이끌어가는 지반池畔에
무리들이 바라본 얼골을 감초고
두발에 감기는 분홍치마 모래 사장砂場을 거닌다

별 둘 나 둘
남촌南村 애들이 섬긴다

을밀대 희롱戱弄하고 모란대 불어 내리는
가을바람秋風
마탄馬灘의 물소리를 느끼는 것 가태서
문서文書 없다는 전통의 노예 얼골을 붉히고
옛집後庭에 서서 사紗적삼의 어깨를 떤다.

《동아일보》1934. 11. 16

샘물과 같이

고향을 멀리 떠나서
방랑하는 신열같았다.
봄날 저녁이었다.
가느다란 길처녀
낯선 거리를 방황하다
언덕위의 대문을 두드렸다
온건한 손길이 문을 열었다.

두 청년이 처음 만났다.
반가운 못잊을 얼굴이었다.
저들이 그리던 마음속 얼굴이었다.
저들은 서로 부끄러워 서로 물러섰다.
한 걸음 뒤로 아니 한 걸음 앞으로
생명의 꽃 시절이었다.
눈동자와 눈동자가 부드럽고 빛이 났다.

기어코 저들은 다시 만났다.
빛과 빛 영혼과 영혼이 어울릴 때는
땅과 하늘과 초목까지 새로웠으리라
아침 해가 빛남도 저들의 기쁨이었다.
저들은 온건한 조화調和를 사랑하였다.

고요한 상봉과 상별相別이 평야의 물길같었다.
그들이 사랑하는 동안 세계는 낙원樂園이었다.

생명生命은 나날이 새로운 샘물이라면
사랑은 넘처 흐르는 시내이리라
세찬 흐름은 제방堤坊도 깨트리고
지옥같은 바위 틈도 궁그를 수 있다.
흐름은 장애를 모르리라
생명은 샘물이라면
애정은 넘처흐르는 시내랄가.

『신인 문학』 1936.10

석공石工의 노래

1
서울의 산山은 봉오리마다 바위다
풍로風霜 겪은 고도古都를 둘러싼 산이 화강암이다
부스러지는 바위 틈에는 솔이 자라있고
모래 모인 골짜기에는 샘물이 흐른다
굳고 단단한 화강암에 석공이 끌을 대면
탕탕 산이 울며 바위가 부서진다.

채석장에 그득 쌓인 화강암을
비석碑石으로 가릴 때는 손님이 많은 중
하로는 젊은 찾아와 머밑머밑
그이의 남편의 비석을 부탁하고 갔다
높은 곳은 낮추고 낮은 곳은 높이어
똑딱똑딱 그이의 남편의 비석이라고

비명碑銘은 「우리낭군 16세로서
물이 변해 돌 되는 줄도 모르고
사후死後를 헤아린 법法조차 모르면서
천지는 변하여도 부부애夫婦愛는 불변不變이라고
후원 송백나무에 새기셨던 것을」
똑딱똑딱 그이의 아름다운 마음씨여

평면평면 직선직선 平面平面 直線直線
거울같이 다듬던 화강석花岡石위에는
그이의 슬픈 비명碑銘을 색이 든 대신代身
아릿다운 그 여인女人의 자태姿態가 새겨졌다
아아 주문注問없는 일을 어찌하리
똑딱딱 시대時代의 번민煩悶이어

옛날에도 신라新羅의 석공石工은
불국사佛國寺의 석가탑釋迦塔을 쌓을 때
먼 길을 찾어온 누이도 안만나고
절동구洞口에서 십리十里나 떠러진 못가에
탑塔의 영자影子가 못에 비치도록 세웠더란다
딱딱똑딱 영지影池에 무영탑無影塔이라고 일리라

2

일개 학도一個 學徒인 그가 이르기를
프르특특한 돌은 너무 빛이 없으니
우리집 정원 고석庭園古石으로 다시 새깁시다—
영채榮彩있는 눈으로 먼 곳을 가리키며 갓다
이리하야 내 죄罪도 감추었지마는

그야말로 후원後園의 고석古石이 운치있으리라

북악산 기슭이 후원인 엄엄한 고관古館은
그이의 심상尋常치 않은 유서由緒를 말하였다
화려한 5월의 상록수의 그늘
청자색 바위돌 사이 황금색 후원길에
정밀한 꽃밭으로 나를 인도하는 그는
올맺은 보조步調로 미치는 세상世上도 바로하리라

까치의 둥지 짓는 움직임을 바라본다
하늘 창공에 기껏 부르짓는 종달새를 듣자
시방 오월 날대낱 화창한 동산에
젊은 석공石工인 내가 청춘을 느끼고 있다.
아아 부스러질 듯한 바위 위에 내가 섰다
그이는 청태靑苔덮인 고석을 가리킬 뿐이다.

늦은 사면斜面을 바위가 부서저 모래가 구울는다
내 한숨이 바위 밑까지 사무치리라
―필경 내가 생生기기 전前부터 저 이렇게―
그이가 상냥히 이야기한다
―저들을 실어다가 가운데 붉은 채색彩色으로

우리집 산소山所를 빛내주서요—

7세七歲로 붙어 부도婦道를 닦어 오든 조선여자
자라지도 않어서는 악惡을 징계懲戒 받었다
숙녀 이군淑女二君을 섬기지 말 것이라고
추상秋霜같은 가풍에는 순종徒順만이 부도婦道이니
절조節操높은 사부士夫의 가문을 욕 안뵈이려고
서약의 검劍을 가슴에 안던 것이다.

—나 열두살에 눈을감고
가마 타고 시집갔더라오
연지곤지로 단장한 얼굴을
눈물로 적시면서 친정新庭을 떠났지오
그 화관花冠이야말로 무거웁다
그 칭찬이 더무서웁다—

—나 열여섯에 처녀處女 빈부嬪婦되었지오
죄인의 베옷을 입고 지팽이 집고
상여 뒤를 걸어서 걸어서
멀리 멀리 무덤까지 갔었지요, 그리고
산, 각씨의 상대 역이든 이름뿐인 낭군郎君을

깊이깊이 묻어 버리었지요—

3
반반이 바르게 똑바르게
그이의 서방님의 비석碑石이라고 새기었다
어떤 때는 해머로 내 손을 찍고
어떤 때는 내손가락을 쪼으면서
아아 아리따운 그 자태姿態때문에
똑딱똑딱 그 어머니의 속급이었더란다.

고석古石에서 녹태綠苔를 벡기어 갈수록
홍백紅白의 교묘巧妙한 색배色配를 본다
채색의 농담濃淡을 갈나서 생生과 사死로 양단兩斷한다
아아 애석한 석비와 상쾌한 삭상朔像
생전生前과 사후死後가 동떠러져
똑딱똑딱 일거양득이란다

석비石碑는 그이가 만족하였다
삭상朔像은 사람들이 칭찬하였다
그이는 순진한 학도가 되었다

그리고 세상풍파에 변變하였다
나는 종일토록 일개 석공一個石工
똑딱똑딱 청춘의 무덤이어

『삼천리』 1938.8)

추강씨 秋江氏 에게

피아노에도 신성神聖한 말삼들을 비화지도다
아아 음악音樂이라면 향략적享樂的 그거릿가.

독신주의獨身主義오 독신주의獨身主義오하고
비웃는이여
독신주의자獨身主義者들의 탄식을 그렇게 잘 아나요

세상 사람들 감정적 동물이라 목숨을 걸고
승리와 자유를 편하도록 구한다.

『여자계』 1920. 6

닫는 시

유언

유언

조선아 내가 너를 영결할 때
개천가에 고꾸라졌던지 들에 피 뽑았던지
죽은 시체에게라도 더 학대해 다구
그래도 부족하거든
이 다음에 나 같은 사람이 나더라도
할 수만 있는대로 또 학대해 보아라
그러면 서로 미워하는 우리는 영영 작별된다
이 사나운 곳아 사나운 곳아

연가 戀歌

一

그의 집싸리문을
밤마다 두드리며
크고 높은 소리로
나 괴로우노라고
그리운 서른 닐을
애哀껏 한恨껏 고告할가

二

재인才人 손길 그 버릇
고치기도 어려워
남의집 거문고를
한껏 울리었거던
또 무슨 죄罪얻자고
그 줄조차 끊으리

三

뜻대로 된다 하면
훌훌 날어 보고서
님이 웃고 일하는
다행多幸한 화로火爐가에

파랑새한마리로
이추움고告하리라

四
초겨울밤 깊어서
힘든글 읽노라면
뒤뜰에예리성曳履聲이
그의것 같것마는
내 어려움 모르니
낙엽성落葉聲 그러한가

심추[*] 尋秋

가을을 찻노라니
깁흔 골에 왔고나

물소래 그윽하야
깊은 정情 아노라네

이곳이 어드매냐
홍황적紅黃赤 난만^{**}爛漫한대

『효종晓鐘』1925

---

* 그믐밤 등으로 개작
** 충분히 많음

그믐밤

그믐밤 별 고운데 떨어질듯 녹여서
한아름 받 것마는 허전한 이모양아
버러지 울어낸다

가을을 찾노라니 깊은 골에 왔고나
청황종淸黃赤 난만爛漫한대 이곳이 어드메냐
물소리 그윽하야 숨은 정情 아노란다.

모랫길 예이는 잔잔한 시내물아
내 목소래 높이어 네 이름 부르노라
바다로 가는길을 나함께 가자꾸나

쓸쓸한 거리 끝에 님 오실리 없거늘
그리운정情도 지면 오신 듯 달떠진다
幸여나 같은 모양 눈 앞에 버려지리.

초겨울밤 깊어서 힘든 글 읽노라면
뒤뜰의 예리성曳履聲이 그의 것 같것 마는
내 머 여룸 모르니 낙엽성落葉聲 그러한가

뜻대로 된다 하면 훌훌 날어 보고서

님이 웃고 일하는 다행多幸한 화로火爐가에
파랑새 한 마리로 이 추움 고告하리라.

『삼천리』1939.1

번역시

웃음

창성創成하라, 운반하라, 지속하라,
웃음의 일천 저수지를 네 손가운데!
웃음은 천복의 습윤濕潤은
모든 사람사람의 얼굴에 그득 피었다
웃음은 주름살이 아니라,
웃음은 빛의 본질이라
빛은 공간을 통하여 빛나리나
그러나 그는 아직 그르다
태양일지라도 빛이 아니다
사람의 얼굴 위에 비로소
빛은 웃음이 되어서 생겨나올 것이다
눈 깜박거리는 가벼운, 죽는 일 없는 문으로
눈과 눈의 문으로 순유해 나온
최초의 봄, 천체의 효모
웃음, 유類없이 타는 소작燒灼
격렬하게 쏟아지는 웃음으로 늙어빠진 손을 씻어라
창성하라, 운반하라, 지속하라!

- 프란츠 베르펠

108

나는 찾았다

나는 30년간 찾았다, 누이야,
저의 숨겨 있는 집
나는 30년간 찾았다, 누이야,
그래도 저는 어떤 곳에도 있지 않더라.
나는 30년간 찾아다녔다, 누이야,
지금은 내 발소리도 쇠약하여져,
저는 어떤 곳에나 있어도, 누이야,
아직 어느 곳에서도 뵈지 않아.
내 신을 잡아라, 그리고 놓아라,
석양도 어슴레해져 가는데, 누이야,
지금은 내 맘도 앓아 지쳤다.
그대는 아직 젊다, 누이야,
어느 곳이든지 방황해 보라,
내 행각의 지팡이를 잡고, 누이야,
나와 같이 저를 찾아 구하여.

- 모리스 마테를링크

주장 酒場

포도덩굴 태양을 바라고
생명에, 위로 가지 벋는 모양이여.
다만 눈부신 긴 한 줌의 포도,
그나 암흑을 벗어나서 흔연히,
거품을 타 넘친다.
신생의 속삭임에, 섬요한 세계여, 그리던 포도여,
내 망아忘我의 혈액 가운데서,
태양을 향해 더 높이 오르리라,
더디고 애쓰는 포도수에 있는 것보다도,

이같이 나는 마시다,
태양의 술 그 빛난 것을.
나의 혈액 속에서 다시 넉넉한 생명을 주고,
다시 풍부한 사상과 희열과의, 의식하는 생명을 준다
그러하나, 영혼의 지평선 위에, 구극의 태양을
바라서,
그도 장차 고엽과 같이 멸하리라.
원컨대 신이여, 나에게 강림합쇼,
내 포도를 마신 것 같이
나의 몸을 마시옵소서, 내 지금 순간에 완전한 것,
영원히 같이 살기를 위하여.

—호레쓰 호레이

단편 소설

의심의 소녀

1

평양 대동강 동쪽 해안을 2리쯤 들어가면 새마을이라는 동리가 있다. 그 동리는 그리 작지는 않다. 그리고 동리의 인물이든지 가옥이 결코 비루하지도 않으며 업은 대개 농사다. 이 동리에는 '범네'라 하는 꽃인가 의심할 만하게 몹시 어여쁘고 범이라는 그 이름과는 정반대로 지극히 온순한 8,9세의 소녀가 있다. 그소녀가 이 동리로 온 것은 두어 해 전이니 황진사라는 60여 세 되는 젊지 않은 백발옹과 어디로선지 표연히이사하여 거한다. 그 후 몇 달을 지나서 범네의 집에는 30세 가량 된 여인이 왔으나 역시 타향인이었다. 하는 일은 없으나 생활은 흡족한 듯이 보이며 내객이라고는 1년에 한 번도 없고 동리 사람들과 사귀지도 않는다. 그런 고로 이 동리에는 이 범네의 집안 일이 한의심거리가 되어 하절 장마 때와 동절기인 밤에 담뱃때들 사이의 이야기 거리가 되었다.

범네라는 미소녀는 그 이웃 소녀들과 사귀기를 간절히 바라는 것 같다. 혹 때를 타서 나물하는 소녀들을 바라보고 섰으면 그 이웃 소녀들은 범네의 어여쁜 용자容姿에 눈이 황홀하여져 서로 물끄러미 바라보고 있을 때에 백발 옹은 반드시 언제든지

"야 ― 범네야 ― 야 ― 범네야 ―"하고 부른다. 범
네는 가엾은 모양으로 뒤를 돌아보며 도로 들어간다.
또한 의심을 일으키게 하는 것은 삼인이 각각 타향 언
어를 쓰는 것이라. 옹翁은 순연한 평양 사투리요 범네
는 사투리 없는 경언京言이며 여인은 영남 말씨라. 또
범네는 옹더러는 '할아버지', 여인더러는 '어멈'이라
고 칭호한다. 무식한 촌 소년들은 그 여인이 범네의 모
친인가 하였다. 촌사람들도 이렇게 범네의 집 내용을
구태여 알려고도 아니하였다.

2

그들이 이사하여온 지 만 이년이나 지난 하절이라.

어떤 장날 마침 옹은 오후 이 시경에 외출하여 어슬
어슬한 저녁때까지 귀가치 않았더라. 범네는 심심함
을 못이김이던지 싸리 문 안에서 문을 방긋이 열고 내
다보고 섰다. 그 때 동리 이장의 딸 특실이가 그 어머
니를 찾아 방황하는 모양을 보고 살며시 문 밖으로 흰
얼굴만 나타내어 자기를 쳐다보는 특실이를 향하여
미소하여 은근하게

"네가 특실이냐?"

특실이는 반가웁게 그 지방말로

"응 너희 할아버지 어디 가셨니?"

범네는 어여쁜 얼굴에 웃음을 띠며

"벌써부터 성내에 가셨는데……."

말 마치기 전에 은행 껍질 같은 눈꺼풀이 발ㅡ레하다.

두 소녀는 잠깐 잠잠하다.

"너는 아버지는 안 계시니?"

"아버지는 서모하고 큰 언니하고 서울 계시구……."

또다시 눈꺼풀이 붉어진다.

"지금 같이 있는 이는 너의 누군가?"

"외할아버지 하고 밥 짓는 어멈이다……."

두 소녀의 담화가 점점 정다워 갈 시에 멀리서 옹의 점잖고 화평한 모양이 보였다. 범네는 특실이를 향하여 온정하게 "내일 또 놀러오너라" 하고 걸음을 빨리하여 옹의 옷소매를 붙들며 옹의 귀가를 무한히 기뻐한다. 옹은 범네의 손목을 끌어 싸리문으로 들어가며

"심심하든?" 한다.

범네가 이같이 특실이와 이야기 한 것도 2년이나 한 동리 앞 뒤 집에 살았지만 처음이더라.

3

혹독한 서중暑中에 기다리던 추절이 기별 없이 와서 맑고 시원한 바람에 오동잎이 힘없이 떨어지매 년년이 변치 않고 돌아오는 추석명절이 금년에도 돌아왔

다. 도都에나 비鄙에나 성묘 가는 사람이 조조부터 끊일 새 없이 각기 조선祖先 부모 부처 자녀의 고혼故魂을 위로키 위하여 술이며 음식을 준비하여 남녀노소를 물론하고 북촌길로 향한다. 새마을 동리의 범네와 옹도 누구의 묘에 가는지 기중에 끼었더라. 어느덧 해는 모란봉 서편에 기울어지고 능라도 변에 연연涓涓한 세파細波는 금색을 대帶하였다.

이슬아침과 주간에 그리 분요紛擾하던 성묘인들도 지금은 끊어져 벌써 청류벽 아래 신작로에는 얼근히 취하여 혼자 중얼거리며 돌아오는 사람이 사이사이 보이기 시작하였다.

대동강 건너 새마을 동리를 향하고 바삭바삭 모래를 울리는 노유老幼 두 사람의 그림자가 보인다. 심히 피로하여 귀촌하는 옹과 범네라. 범네의 발뒤꿈치에 내려드리운 검은 머리가 제 윤에 번지르하다. 대리석으로 조각한 듯이 흰 양협에 앞이마 털이 한두 올 늘어져 시시로 불어오는 청풍에 빛날리어 그의 아름다움을 더하였다. 풋남순인 치마에 담황색 겹저고리 입고 분홍신을 신었다. 실로 새마을 동리 소녀들과는 '군계중에학'이라. 옹도 무언, 소녀도 무언. 소녀의 어여쁜 얼굴에는 어린 아해에게는 없을 비애에 지친 빛이 보인다. 강안에는 석향을 준비하는 촌부들이 있다. 처음 보는 바가 아니로대 이날은 더욱이 호기심을 일으켜 가며 주목한다. 기중 한 아이

"어드메 살던 아해인지 곱기도 하다." 또 한 아이

"늘 보아도 늘 곱다. 한 번 실컷 보았으면 좋겠다."
또 하나는 하하 웃으며

"범네야 어디 갔다 오니?" 하고 묻는다. 범네는 촌부들을 향하여 눈만 웃으며 입 다물은 채 옹의 뒤를 따른다. 이때에 대동강 외 우뚝 솟은 난벽卵璧의 이층 양옥에서도 이편을 향하여 망원경을 눈에 대이고 바라보는 외국인인지 조선인인지 분별키 어려운 신사가 있다. 신사는 급히 상노를 부른다. 상노는 주인의 명을 받아 문전 녹색 소주小舟에 제등을 달고 속히 저어 강안을 향하여 배 대었을 때는 옹과 범네가 새마을에 들어갔을 때이라.

신사는 새마을 가는 길을 두고 다른 동리의 길로 향하였다. 그 신사가 낙심한 안색으로 강안에 돌아왔을 때에는 동천에 둥근 달이 맑은 광선을 늘 이어 암흑한 곳 몇 만민에게 은혜 베푼 때이니 평양 대동강문 외에는 전등빛이 반짝반짝 불야성이오 강 위에는 오늘이 좋은 날이라고 선유하는 소선小船이 루비 홍옥 같은 등불을 밝히고 남녀 성을 합하여 수심가를 부르며 오르락내리락한다. 신사는 실심한 듯이 강가에서 바라보고 섰다. 한참 만에 힘없이 배에 올라 도로 저어 저편에서 내리어 조국장의 별장으로 들어갔다. 신사는 그 별장 주인인 듯싶다.

4

강안에서 신사의 모양을 본 촌부인 중에 '언년어멈'이라는 남의 일 참견 잘 하는 사람이 있다. 보고 싶은 범네도 볼 겸 범네의 집을 찾아가 신사의 일을 고하였더라. 옹은 별로 놀라지도 않으며 천연스럽게 언년 모에게 감사하였다. 언년 모가 돌아간 후 두 시 가량이나 지나 옹과 범네는 동리 이웃에게 고별하려고 이장의 집을 심방하였다. 옹이 이장의 집을 심방함도 이사 왔을 시와 이번뿐이라.

동리 머슴들이 행담行擔 칠팔 개와 기타 기구를 강안으로 나르고 옹과 범네의 뒤에는 그 집 여인과 인심 후한 이웃 사람들이 별로 깊이 사귀었던 정도 아니건만 전별차餞別次로 따라 나온다. 강가에는 마침 물아래로 가는 배가 있다.

잔잔한 파도는 명랑한 월야의 색채를 비치었다.

선인船人이 준비 다 됨을 고한대 옹은 서서히 선별 나온 이웃 사람들에게 고별하였다. 동리 사람들은 소리를 합하여 여중旅中의 안녕을 축 하였다. 그 소리에 산천까지 소리를 합하였다. 범네의 흰 얼굴은 월광을 받아 처참히 보인다. 백설 같은 담요를 두르고 오슬오슬 떠는 모양 감기에 걸린 것 같다. 범네도 떠는 목소리도 인사를 마치고 옹의 손을 잡고 차박차박 걸어 뱃머리에 오르다가 고개를 돌리며 둥글고 광채 있는 눈으로 동리 사람들을 한 번 더 본다……

밤은 깊어 사방이 적막한데 옛적부터 기 억만 년의 비밀을 담은 대동강물이 고금을 말하려는 듯이 가는 물결 소리를 낸다. 배 젓는 노 소리는 지긋지긋 철썩철썩 심야의 적막을 파한다. 배가 물아래를 향하여 삼단 쯤이나 갔을 때에 특실이가 "범네야 잘 가거라 ─"하매 저편에서도 범네가 "특실아 잘 있거라 ─"한다. 그 소리가 양금 소리 같이 떨리어 들린다. 촌인들은 배가 멀리서 희미학 보이고 노 소리가 안 들릴 때까지 그곳에서 의논이 분분하여 물이 밀어 그들의 발을 적시는 것도 몰랐더라. 이장은 저녁 때 일을 언년 모에게 듣고 머리를 기울여가며 생각하더니 한참 만에 언년 어멈을 향하여

"그래 그 신사는 어디서 옵디까?" 물었다. 언년어멈은 원시遠視를 잘하는 양이라

"저기 보이는 우뚝 솟은 이층집에서 시커먼 것을 눈에 대고 보더니……."

이장은 또 한 번 머리를 기울였다. …… 한참 만에 이제야 비로소 수년래의 의심을 푼 듯이

"알았소. 범네는 그렇게 봄에 자살한 조 국장 부인의 기출인 가회 아기구려."

일동은 무슨 무서운 말을 들은 듯이 눈이 휘둥그레진다. 이장은 한숨을 지으며

"불쌍한 아해?"하고 부르짖는 듯이 말하였다.

5

이는 연전 가정의年前 파란으로 인하여 자살해버린 조 국장 부인의 기념으로 끼친 일녀 가희니 외양과 심지가 과히 아름다움으로 그 반대로 그 외조부가 개명하여 범네라 한다.

가희의 모씨는 평양성 내에 그 당시 유명한 미인이기 때문에 피서차로 왔던 조 국장의 간절한 소망에 이끌리어 그 부인이 되었었다. 부인은 재산가 황진사의 무남독녀이니 14세에 그 모친이 별세하매 그 부친 황진사가 재취도 아니하고 금지옥엽 같이 기른 바이라. 누가 뜻하였으리오. 그 옥여가 형극으로 얽은 것인 줄이야. 조 국장은 세세로 양반이라. 농화弄花에 교교巧하고 사적射的에 묘妙하다. 저는 세 번 처를 바꾸고 첩을 갈기도 십 여 인이라. 화류에 놀고 촌백성의 계집까지 희롱하였고 그의 별업別業에서는 주야를 전도하고 놀았다. 부인이 그에게 가嫁하여 그 딸 가희를 낳았다. 육肉의 미美는 싫어지지가 않기가 어려운 것이매 남편의 난행은 부인의 불행과 같이 자랐다. 새로 들어온 첩은 남편의 사랑을 앗았다.

남편은 친척 간에도 끊었다. 전처의 딸은 매사에 틈을 타서 부인誣陷을 한다. 사랑을 원하여도 얻지 못하고 자유를 원하여도 얻지 못하고 이별을 청하여도 안 들어 의심 받고 학대 받고 갇혀 비관하던 나머지에 병든 몸을 일으켜 평양의 별장에서 자살하였다. 길바닥에 인마의 발에 밟힌 이름 없는 작은 풀까지 꽃피는 4월 모일에 인세人世의 꽃일 24세의 젊은 부인은 단도로써 자처自處하였다. 가련한 부인의 서러운 죽음이 기시에는 원근에 전파되어 모든 사람이 느끼었더라. 고어에 '사람은 없어진 후 더 그립다'는 것 같이 기후 조 국장은 얼만큼 정신을 차려 얼마큼 서러워도 하였다. 그러나 늦었더라. 기후 조 국장은 부인 생시보다도 가희를 사랑하였다. 그러나 그 외조부 황 진사는 조 국장의 첩이 그 총애를 일신에 감으려고 하는 간책이 두려워 가희와 함께 가엾은 표랑의 객이 되었다. 하시에나 표랑객인 가련한 가희에게는 춘양려일春陽麗日이 돌아올는지 ― 절기는 하추동夏秋冬 3계三季가 지나면 다시 양춘陽春이 오건만 ― 불쌍한 어머니의 불쌍한 아해?

『청춘』1917

꿈 묻는 날 밤

바람 도진 오월 밤은 아무 소리 없이 땅 위에서 음울하게 흠칫거리는 것 같았다.

달도 없는 그믐밤에 남숙이는 어떻게 무슨 맛으로 밥을 먹었는지 내종에 물을 마신 것만 생각 낼 수가 있었다.

그는 도서관에서 늦게 돌아왔다. 거기서 그가 책을 볼 때에는 이와 같이 음울한 밤이 될 줄은 미리 뜻하지 못하였었다.

그래서 그는 집으로 돌아가면 저녁을 먹고 나서 오늘 본 소설의 평을 쓰려고 가만히 생각했었다.

그러나 책상 위에 좀 흐트러져 놓여 있는 종이 조각들과 필통을 거듭 바라보기에도 그의 심사는 너무나 답답했다. 그는 자기가 일상생활을 여자답게 정리치 못하는 것을 모르는 바가 아니지만 구태여 반성해야 한다고 생각을 하면 "그는 기쁨 없는 여자다 그가 앞서나가는 길에는 무슨 행복이 있어서 그를 기다리는 것도 아니다 문학을 힘써나간대야 그는 약함으로 자연히 그렇듯이 이대디를 튼튼히 밟고 나간 자취를 빌어서라도 기록해 내놓을 용기가 없다. 그것보다는 그의 마음속에 숨은 한 그림자에게 "내 힘으로 네 불행을 낫게 할 수 있겠느냐"하는 말이 듣고 싶다. 그러나 그것 역시 확실한 믿음을 어찌 가지랴 다만 그 마음이 그를 못 잊고 그렇듯이 딜리 사기의 행복을 못찾는 데 지나지 않는 일이니까 하지만 아무 힘으로도 그 맘에서 그 그림자를 뽑아 던질 수 없는 것은 아무런 방면으로나 쉽게 그 사랑을 상대자에게 알리지 못하겠다는 의지보다는 몇 배 굳셀 뿐 아니라 알리고 못 알리는 것은 그 도덕률의 완전한 자유다 그는 거기 따라서 영리한 사람이 되고 미련한 사람이 된다』고 그 의리성이 제 3자의 자리에 앉아서 그에게 심판을 내린다.

그는 여기까지 반성하면 언제든지 이 땅 위의 생활을 건전히 해나가자 하고 그의 몇 벌 없는 새 옷을 정성껏 개켜서 그 그릇에 넣고 싶고 청소도 다시 정성껏 해놓고 글이라도 써보고 싶었지만 이날조차 그렇지 못했다.

"공연한 일이지 그 사람이 알면 웃음감이나 될 것을 그것이 정말이지 하지만 내가 본 꿈들은 혹 맞을 수 없을까 나는 그렇게 허튼 꿈을 많이 꾸는 여자도 아닌데……"하는 생각이 불일 듯 그 가슴에 일어났다. 그는 그 일을 누구에게 묻고 싶었다. 그이는 어떤 동무의 남편인데 한학자인 동시에 서양 철리에도 어둡지 않았다.

그는 공연히 오슬오슬 떨려서 닫혔던 미닫이를 다시 한 번 열어보았다. 봄날 그믐밤은 한없이 음울하고 어두웠다. 그는 필운대까지 어떻게 가야하는 염려가 없지 않았으나 입었던 옥양 목겹 저고리를 벗어놓고 얇은 솜저고리를 입고 거울을 보았다. 그는 자기의 얼굴 더욱이 밤 거울에 비쳐 보이는 얼굴을 좋아한다. 며칠 전에 그가 음악회에 가느라고 새 옷을 갈아입고는 방금 문 밖을 나서는데 여자 서넛이 지나다가

"아이고 저렇게 예쁜 얼굴도 늙겠지 아이구 예쁘기도 하지"하던 생각과 동시에 또 어렸을 때 자기가 아주 행복스러운 아이였을 때 그 어머니가 집을 팔아도 땅을 팔아도 네게 어울리는 옷을 입히고 싶고 네게 맞는 음식을 먹이고 싶다 하던 생각이 났다. 그는 다시 거울을 보고 저고리 앞을 고치며

"나는 어릴 때보다 얼마나 미워졌을까 참으로 나는 늙겠지 아니 그보다 벌써 그때 보아서는 늙었지 내가 평양서 학교에 다닐 때는 오고 가는 길이 자유롭지 못해서 공연한 사람들이 발길을 멈추고 내 길을 막은 일도 드물지 않았지 그런 귀찮은 일을 다시 바라는 것은 아니지만 확실히 그때 그런 힘이 내게 지금 없는 것은 밝은 사실이지"하고 생각하면서 다시 공연한 모양을 낸다는 듯이 아무렇게나 옷고름을 매고 흰 목도리로 그 내려진 어깨를 싸고 방문을 나섰다.

안국동 네거리를 지나서 그는 경복궁 앞으로 향했다. 꽃향기에 무르녹는 어느 나라의 서울을 생각 해냈다.

남숙은 속으로

"아— 답답스러운 밤이다. 아는 일을 다시 물으러 가는 것 아닌가 그런 일이 실현된다 할지라도 그런 뒤에야 또 다시 무슨 전투적 기분이 일어나랴 적어도 앞으로 앞으로 싸워 나가는 것이 사람의 생활인데 꿈이 아니면 하늘에 그 훌륭한 꽃들이 어찌 피워지랴 아주 공중 피워 매달렸던 것 아닌가 벌써부터 세 사람의 아버지……를 도덕적 대상으로 생각한대야 생각하면 그뿐으로 관념에 머무르면 좋을 것이고 남의 생명으로 아는 남편인 동시에 아버지인 것을 아서다가 내 자신의 남달리 예민한 감성에다가 짐을 지우고 염증을 사게 될 근본을 만들 필요야 왜 있으랴 보다 나은 뜻이＝내 도덕률에서 우러난 생각이 나를 고귀한 행동에 싸워 나가게 할 것 아니냐 실리에 눈이 어두운 사람들은 나로 하여금 내 대상에게 내 몸을 가져가지 못할 제도와 인습 속에서 그 몸이 찢기듯이 아픈 것을 구태여 살아가면서라도 내 관념 생활을 웃겠지만 그것도 없으면 내 영혼은 비었다 비었다 모든 것이 헛되다하고 내 생활에서 내 이디구에 향해 나가는 애착＝이 나라 사회와 같이 발전해 나가자는 생활의식까지도 내 생활의 토대인 것을 전부 헐어버릴 것 아니랴 젊지 않은 심정이면 알고 비겁한 행동을 왜 하랴 나는 다만 모든 것을 감추고 그것을 풀어서 내 형제와 동포에게 넓은 사랑을 베풀면 좋을 것인데……" 하고 그는 앞서 나가던 발걸음을 뒤로 돌려놓으려 하였다.

　남숙은 그 자신이 불 비친 앞에 경복궁 앞에 이른 것을 알았다. 봄날 밤안개에 헝클어진 캄캄한 어둠을 등 그런 전등들이 몽롱히 깨물고 느리게 오고가는 전차들을 겨우 보았다. "거친 서울아 왜 이리 어두운고 사람이 안 사는 것이 아닌데 생각 없는 마음이 아닌데 왜이리 캄캄하냐 네 어두움을 밝힐 도리가 없느냐"하고 남숙은 생각할 때 그 눈에 눈물이 맺히는 것을 깨닫고 돌아설까 앞으로 갈까 하고 망설였다. 지금껏 어둑어둑 사람들이 그 옆을 지났어도 어두움으로 그 모양을 남 보이지 않았지만 희미한 불빛 새어나오며 전문학교 학생 같은 청년들이 지나다가 제각기의 외국말로 제각기

　"길 잃은 양 같구나"

　"놀랄 만치 아름답다"

　"아름답다"

　"곱다 그 몸매―"

　뒤떠들면서 지나갔다. 남숙은 놀리는 듯한 목소리들이 불쾌해서 속으로 "못된 것들 사내들이 남의 얼굴만 보나!"하고 얼떨결에 얼른 간다는 것이 필운대를 향하고 경복궁 모퉁이를 지나서 자꾸만 걸어갔다. 걸어갈수록 그 길은 어둡고 무시무시하였다.

　남숙은 얼마만치 가서 둔덕진 길을 어루만지듯이 기어 올라가다가 아카시아의 향긋한 향기에 취해지는

듯한 것으로 지척을 분별치 못할 만큼 어두운데 "거진 다 왔다"하고 생각하면서 밤공기는 해롭다 들있건만 아카시아의 그 향긋한 것을 깊이 들이마셨다.

남숙이가 정희철 씨 집 문 안에 들어설 때 아침을 오전에 먹는 이 가난하고 호화로운 집에서는 방금 저녁을 먹고 치우다가 의외로 남숙이가 들어오는 것을 보고

"아이구 이 밤에 어떻게 오세요."하고 경상도 악센트로 맞아들였다.

남숙은 거기서 이 이야기 저 이야기 하다가 이 집에 기숙하는 서모의 반갑지 않은 서슬에 기가 탁탁 막혀와서 그 높고 애처로운 음성으로

"선생님"하고 어울리지 않는 안경을 쓰고 한학자 식으로 몸을 흔드는 정희철에게 '세상에도 사람이 사는 이 세상에도 가슴이 뚫릴 듯이 시원한 일이 있는 것을 좀 보았으면' 하고 공연히 자기에게 웃음을 주고 이상한 눈치를 던지는 듯한 서모徐某를 그 옆눈치를 날려서 경멸스럽게 보고 "내 너무 답답해서 꿈 해몽하러 왔어요"하고 그 고운 모양에 어울리지도 않는 그 신산스러운 한숨을 길게 내뿜었다.

"저런 말 봐 참 놀랍지"하고 정 씨는 무슨 시구詩句나 되는 듯이 그 쓰라린 말을 기뻐했다. 그 대신 서모는 제게 묻는 말이나 되는 듯이 아는지

"남숙 씨 무슨 꿈이오 내 해몽해 드리지요"하고 그 무릎을 남숙의 옆으로 내밀었다. 남숙은 불쾌했다. 서모처럼 싫은 위인하고 인사한 그 자신의 호기심이 정말로 불쾌했다.

남숙은 이 정 씨 부처와는 동경 유학 시절부터 친해왔다. 그러므로 아무런 간격이 없다. 그런 중에 남숙은 또 이 부부를 한없이 신뢰하므로 아무런 고통이든지 좀 말해보기를 끌리지 않았다. 그러므로 여기 오는 사람은 웬만하면 거의 다 인사하게 되었을 뿐 아니라 특별히 서모라는 위인은 남숙의 동무들 중의 한 여자인 더욱이 그 자신이 정조 있는 체 하면서(사실事實 그렇게 불품행不品行할 것은 아니지만) 공연히 그 마력인가 매력인가를 시험하기 위해서 부질없이 게슴츠레한 눈치를 던지고 간간이 숨은 욕을

"사랑한다는 남편이 있으면서…… 음험한 계집"하고 듣는 그 벗과 무슨 관계나 있던 것처럼 들었던 고로 은연중에 호기심이 일어나서 몇 마디로

"박정순이를 아세요?"하고 책하는 듯 조사하는 듯이 묻게 되어서 비로소 인사하고 알게 되었다.

그러나 남숙은 그 벗의 어리석은 성격을 무식함은 "남은 척하기 좋아하지만 제 자신은 왜 저리들한고일종의새귀족의자랑인가 불필요한 일이 왜 저리 좋은고"하고 비웃던 터이므로 그 서모라는 귀여운 남자에 대해서도 그의 숨긴 애인情夫이란 것이 흥미 없을 뿐

아니라 경멸스럽게 보여서

"같은 것들"하고 구역질이 났다. 남숙은 그렇지만 그 성격으로 갑자기 성을 내서 뵈일 수도 없는 터이므로

"선생님 자—해몽해주세요. 며칠 전에 꿈을 꾸니까 하늘에 함박꽃이 오롯한 남빛으로 가득 피어 있었어요 어찌되었는지 와이 씨가 무슨 강단에 올라서서 나를 아이구 그 무슨 변명인지 해주는데 사람들은 물 끓듯 떠들어요 아마 나를 뭇 사람이 더럽다 악인으로 모는 것 같았어요"하고 그 자신이 그의 꿈에 취한 듯이 캄캄한 하늘을 보면서 이야기하고 정 씨를 보았다.

정 씨는 여전히 몸을 흔들다가

"그것 참 시인의 꿈이로군 그대로 시를 쓰시지요" 하고 그의 드문드문 나오는 수염을 비빌 뿐이다.

그대신 서모는 무슨 시귀나 이러냐는 듯이

"오— 와이씨 와이씨 그 동경서 그 어떤 책사하든 사람을 망쳐놓고 미국 가서 있다는 리은영이와 동거한다는 와이씨"하고 사뭇 떠들었다. 남숙은 기가 막혀서 더 참을 수 없는 듯이 한 번 힘껏 눈을 흘기고

"그 이름이 와이씨가 아닐뿐더러 그 여자와 같이 간 그 와이씨도 아닙니다 그 사람이 아닙니다" 하고 일어섰다 서모는 그 눈 서슬에 황급히

"잘못했습니다"하고 정 씨는 형세 위험하다는 듯이

"와이씨 아니지요"하고 남숙의 마음속을 들여다보려는 듯이

"그런 여자와 배합할 와이씨가 아니지요"하고 이어서 그를 위로했다. 그래도 남숙은 그 자리에 다시 앉아지지 않았다. 그는 일어선 채로 저편 마루 앞으로 향해서 신발을 찾으려는 듯이 발자국을 옮겼다.

"왜 그러시오"하고 정씨는 물었다. 방안에서 급하다고 그 남편의 두루마기를 짓던 부인은

"벌써 가시오 남숙씨 왜 오시자마자 가세요"했다 이틈에 서모는 남숙의 치맛자락을 잡고 있다가 남숙이가 몇 발자국 더 옮겨놓은 뒤에 잡아당기며

"왜 그러세요 그 와이씨 아니면 내가 잘못 들었나 보오"하고 가지 말라는 듯이 미련을 보였다.

남숙의 온몸에는 피가 끓어올랐다. 앞이 새빨개졌다. 그 세포 하나하나가

"이 괘씸한 것"하고 무엇을 쳐 넘기려고 하는 노염의 명령에 따라서 바르르 떨며 무엇을 찾았다. 남숙은 빨개서 파래서 떨었다.

"이런 버르장머리를 어디서 가리킵디까"하고 그 눈을 그 무섭게 빛나는 눈을 부릅떴다.

×　　　×　　　×

남숙은 정신없이 그 문밖을 나섰다. 그는 치밀어 오

르던 "정조번롱*을 하려고 드는구나 괘씸한 것"하고 말없이 한숨으로 내뿜었다. 그 마음은 눈물지었다. 그리고 모든 받아온 유혹을 다시 놓였다 그는 무시무시한 그믐밤의 어두움에 그 온몸이 둘리어 안기는 듯이 겁이 나서 급급히 걸었다.

"쓸데없는 일을 알면서 묻는 귀족(불필요한 것을 가장 즐기는 것을 가리킴)이 왜 있느냐 시라도 쓰지 않느냐 시는 그렇게 쓸 것인가 역시 생활을 건전히 해나갈 그 생기 있는 새로운 정신으로라야 쓸 것 아니야 나는 사람이 아니다. 희망이 없다 그러나 그렇기에 분발하는 것 아니냐"후회하고 낙심하고 분발하면서 생각할 때는 등불이 많이 어른거리는 곳에 왔었다.

남숙은 다시 밝은 곳을 지나던 차 선로를 넘어서서 어두운 길을 다림질해서 집에 돌아와서는 그 방에 들어갈 때 그날의 모욕을 그 자신으로부터 얻은 그 못 잊을 모욕을 두루 살폈다. 그리고 그 생각이 반드시 믿어질 때 믿도록 하는 것이 옳다고 생각했다. 그에게는 자막대기와 저울이 쓸데없지 않은 것임을 비로소 알고 단꿈을 그대로 쓰는 시는 역시 사람의 생활의 한쪽을 그려놓은 것일지라도 사람의 생활에서부터 터를 닦아야 할 이 시대에 임박한 사람들에게는 아무런 도움도 못 되고 다만 절벽 틈이라도 기어 올라갈 만한 신앙과

---

* 翻弄 옛 일들로 이리저리 마음이 휘둘림.

그 자신의 거룩한 순정을 옮겨서 그 자신의 위엄을 떨어뜨리지 않을 이상적 대상을 확실히 알아놓고 그 사랑을 곱게 곱게 펴서 무리 앞에 놓도록 장하고 용감한 정조로 쓸 것을 깨달았다.

음울한 봄밤은 그 마음을 아프게 하고 그 마음을 깨우치고 어디서 무심코 분별없이 몇 사람이 번롱될 대로 밤 열두시를 쳤다.

一九二四四月 서울서草稿
『조선문단』1925. 5

나는 사랑한다

一

반갑게 오던 비가 반갑게 그쳤다

숲속마다 생기가 넘쳐흐르는 듯이 푸른 그늘을 지어서 거기 우는 새 소리조차 새로이 좋았다

칠월 모일 아침에 동숭동 최종일정정자 지키는 돌이 할아범은 일찍 일어나서 앞뜰을 쓸어놓고 후원을 쓸려고 수정정水晶亭이라는 륙모로 생긴 다락 모퉁이를 돌아서다가 후원으로부터 이상한 인기척을 들은 듯하야 그 발걸음을 멈칫하였다

때마침 청량한 대기 속에서 청청한 무량수의 나뭇가지들이 비개인 아침 바람에 흔들려서는 상쾌한 큰 소리를 내었다 고만 들리던 발소리는 사라졌다

돌이 할아범은 그 손길로 귀밑까지 세차게 불어오는 바람결을 밀어 헤치는 듯이 하면서 들리던 인기척을 분명히 들으려 하였으나 바람은 그 시원한 작란을 선뜻 그치어주지 않았다

마침내 큰 물결이 잔잔해지듯이 큰 바람이 산들산들해졌을 때 놀라지 마라! 좀 크고 좀 적은 두 사람의 발소리가 하나는 달아나고 하나는 쫓아가는 듯이 들렸다 그런데 돌이 할아범은 의심쩍다는 듯이 그 머리를 좌우로 흔들었다 그러나 그 발소리들이 점점 가까운

곳으로 들려올 때 할아범은 다시 한 번 그 머리를 기울이지 않을 수 없었다 그리고

"저 나막신 소리는 서방님의 발소리이고 저 마른신 소리는 저—편 후원에 한 채 빌리어 있는 젊은 아씨의 발소리일 텐데 괴이한 일도 많아? 그 남편은 나막신을 신는 법이 없었는데 혹 엊저녁에 저 아씨가 음악회라나? 갔다 오다가 사오셨나? 그리고 보면 이상해······ 서방님도 음악회에를 가셨고? 또······"

하고 의심은 하였으나 돌이 할아범은 퍽 대범한 위인인 고로 흐리마리하고 있을 때 쫓아가던 발소리는 바위 위에서 날아든 소래는 복도複途 속에서 제각기 들리는 것을 알았다 그래서 저는 아주 안심까지 하였다 험한 산비탈을 이용하여 지은 산정山亭에는 옛날 어느 음모 많은 황족의 은소였던 듯 하야 아득이기 쉬운 숲 속이 많고 달아나기 쉬운 복도가 많아서 같은 속도로 달아나더라도 붙들리기 어렵거는 하나는 나막신을 신고 또각또각 소리 먼저 내고 하나는 마른신을 신고 다람쥐와 같이 발 빠르게 달아남이겠느냐 할아범은 왕자와 같이 인품 있어 보이는 젊은 주인을 의심하는 것보다는 후원에 한 채 빌려 있는 젊은 부부의 소위이리라 하고 짐작하여 버렸다 그러나 그 짐작하는 한편으로는

뒤채에 계신 젊은 부부는 평생 재미없이 사는데 이 이른 아침부터는 숨기내기야 하실라구······ 혹 이 그

때 모양으로 달아나다가 붙들리시는 것인지도 모르지 그같이 얌전하고 싹싹한 아씨가 부부 정의를 나보고도 살어 가시지……

하는 생각도 하였다

二

그러나 할아범은 저의 늙은 눈을 의심치 않을 수 없었다 저는 그 눈앞에 어느덧 와서는 젊은 주인의 아주 딴 사람이 된 듯이 평화스럽고 활발한 모양을 이윽히 우러러 본 것이다 열심과 기쁨으로 충만한 그 주인에게

"서방님 벌써 기침해십쇼" 하고 할아범은 늙은 얼굴에 의심을 가득히 머금고 허리를 굽혀서 절하는 대신 눈을 부비며 청년의 행동을 보살폈다 그러나 저는 들은 체 못 들은 체 하면서 그 두 손을 가슴 위에 얹고

"아―니 할아범 이 뒤채에는 젊은 처녀가 들어있었나 그 물고기와 같이 생기찬처녀말이야……!"

하고 희망에 드넘치는 심정을 완연히 보이면서 거푸 물었다 할아범은 곧이곧대로 대단히 머뭇거리면서

"아니올시다 그는 성조차 그 남편의 성을 따른 서영옥이라는 부인이랍니다 그 남편은 아무 것도 하는 일 없지마는 평안도에서 몇 째 가지 않는 재산가라던가

요 한데 그 아씨가 두 달 전에 대단히 이 정자를 좋게 보시고 처음에는 한 칸 방만 빌려서 혼자 와 계시겠다던 일이 그렇게 내외분이 오셔서 살림까지 하시게 되었답니다"하고 어느 덧에 재미있는 이야기처럼 한다 그 기운차던 청년은 볼 동안에 낯빛이 변하여 버리면서 소심失心한 듯이

"그래 그 부부는 대단히 잠이 많으시지"하고 다시는 뒤도 안 돌아보겠다는 듯이 "수정정"마루로 올라가버렸다

돌이 할아범은 또 한 번 그 머리를 기웃거릴 수밖에 없었다

여름날이라 아침에 청량하던 것도 거짓말처럼 오전부터 따가운 볏이 대지를 내리 쬐었다 젖었던 대지가 태양열에 증발되므로 씻는 듯한 습기조차 있었다 신대新垈 우물가에는 한 모금의 물을 얻어 내 생명을 축이자고 사람들이 모여왔다 그 중에는 트레머리한 미인 두 서넛이 물을 한 모금 시켜서 먹고 우물가에 섰다가 그들에게 인사하는 돌이 할아범에게

"박영옥 씨 계십니까"

"아니 서영옥 씨요"하고 물었다 돌이 할아범은 물을 꿀꺽꿀꺽 들이마시면서

"네 어서 들어가 보십시오"하고 늘 쓰던 친절한 어조로 대답을 하였다 하지만 그들은 머뭇머뭇거리다가 그중에 제일 키 작은 이가

"여기는 이따 금식오건마는온적마다 길을 찾아 들어갈 수가 없어요"하고 돌이 할아범에게 이번에도 길 인도를 해달라는 듯이 청하였다

三

할아범은

"네 할아범이 또 앞서지요"하고 앞서서 산정 안으로 들어갔다 녹음의 푸른 길을 한참 걸어들어 갔을 때 전부 유리로 장식한 수정정에서 풍채 늠름한 청년이

"돌이할아범—"을 낭랑한 음성으로 부르다가 할아범이 그 높은 층대아래가설 때

"할아범 오늘 저녁으로 개성 갈 터인데 그 전에 이 뒤채에 계신 주인어른에게 만나도록 말해두어요"하고는 뒤처져오는 여자들을 보고 외면하여 버렸다 수정정 모퉁이를 돌아서서 서북으로 산길을 한참 더듬노라면 수음이 캄캄한 곳에 집 한 채가 동남을 향하고 ㄱ자로 놓여있었으니 해묵은 밤나무 그늘이 그 창자에 햇빛을 비추지 않는 산간방 속에는 그 주인 서병호가 무엇을 지키는 듯이 아래묵 보료 위에 앉아 있고 그 아내 영옥이가 윗목 책상 앞에 앉아서 돌부처가 된 듯이 두껍다란 책을 보고 앉았다

— 아내의 독서하는 모양을 독한 눈빛으로 꿰뚫어지도록 바라보던 병호는 좀 노한 음성으로 "여보 당

신 아침 또 안 잡쉈소? 아이구 저 얼굴 색 봐라 세포 하
나하나가 다 새파랗게 죽는 것 같구려 제발 하루바니
할게 그 책 좀 이따가 보아요" 하고 키 작은 통통한 몸
집을 일으켜 윗목으로 올라오면서 까무잡잡한 얼굴에
약간 상냥한 빛을 올리고 달래었다 아내는 그 말을 들
었는지 말았는지 한참 가만히 있다가

"할멈 밥상 들여오우— 내 수저는 내려놓고!" 하였
다 지난날의 백모란 같았을 화려한 얼굴에 초초한 심
사를 간신히 낯빛에만 올리지 않는 그는 불쌍한 정을
자아내도록 여위고 수척한 여자였다
"당신 또 아침 안 먹을라우?" 하고 주인은 퍽 근심
스럽게 다시 물었다 아내는 공연한 동정이라는 듯이

四
"아이 그러지 말고 어서 당신만 잡수세요 그래도 나
는 누구의 동정을 받을 값이 남았습니까?" 하고 검은
눈을 엄하게 뜰 때
"영옥아" 하는 그 동무의 음성이 들렸다 아내는 창
백하던 얼굴을 잠깐 붉히고 동무들을 말없이 맞으면
서 할아범을 보고는 보드라운 음성으로 "할아범 또 수
고해주셨구려" 하였다 할아범은 "저 우리 주인이 이
댁 서방님께 오늘 저녁때까지 뵈올 수 없겠습니까 하

고 여쭈어 와요" 하였다 그 말을 들은 서병호 씨는 서슴지 않고

"이제 곧 가 뵙는다고 말하여주게" 하였다 할아범은 서 씨의 답을 얻어가지고 지금 온 길로 돌아가 버렸다 일행 삼인은 방 안에 들어와 좌정하였다 손님들 중에 눈치 밝은 키 작은 이가 서 씨에게

"이 댁에 또 부부 싸움 하셨습니까 서 선생님— 어젯밤에 영옥이가 저 혼자만 음악회에 갔었지요? 그 일이 지금 불화한 원인이 아닙니까? 호호" 하고 묻는지 비웃는지 말하였다 서 씨는 아주 승세한 듯이

"원 그런 일이 어디 있어요 그 비 오는데 음악회에 간다고 나더러는 가잔 말도 없이 자기 혼자 갔다 오는구려 그게 남의 아내 된 버릇입니까" 하고 지금에야 골을 내본다는 듯이 하였다

"그런 아내는 쫓아내시지요" 하고 우습지도 않게 먼저 말하던 이가 대답하였다 서씨는 퉁명스럽게 "그도 내 돈 없이 한 것이 아까워서 못하겠소이다" 하고 그 고향 어조로 본심을 토하였다

"영옥이는 그렇게 당신에게 놓여나지 못하도록 당신의 빚을 졌습니까 호호" 하고 그이는 또 말하였다 그리고 용서치 못하겠다는 듯이 입을 꼭 다물었다 영옥이는 더러운 것을 보는 듯이 눈살을 찡그렸다 다른 이들은 눈치로 만류하려 하였다 이때에 밭어멈이 건너방에 밥상을 차려놓고 주인을 부르러 갔다 주인은 잠

깐 인사하고 이사 갔었다

"이 댁에 조반이요 점심이요"하고 그중 나만한 친구가 영옥에게 물었다 또 키 작은이가 활발하게

"영옥아 너 정신 있니 없니" 하고 한편으로는 나이 많은 이에게 대답도 되게 "아침을 이때것 안 먹었지! 공부고 무엇이고 살아야 하지 않니?"하였다

五

"순희야 너 오늘도 그러면 또 이야기 못 한다 사람 귀찮게 굴려고 너더러 오랬니?"하고 비로소 입을 열면서 영옥은 큰 눈에 눈물을 핑 돌렸다 눈물겨운 영옥의 표정을 본 순희 란이는 깔깔 웃으며 두 친구에게

" 이 애 좀 보아요 무슨 이야긴지 한다고 나를 세 번째 오라고 하는데 온 적마다 나더러 가볍다고 하면서 정말 이야기는 안 하는구려 그래서 나는 이 계집애가 정말 동무가 그리워 그러나 하고 무심히 동무 삼아서 숙정이와 영혜까지 데리고 왔더니 또 이 모양이구려" 하고 또 다시 웃었다

두 친구는 먼저 돌아간 뒤에 주인은 쓸쓸한 표정으로 오늘 신문지를 들고 저—편 송림 속으로 보이지 않게 가버렸다

영옥의 동무 순희는 영옥이가 건넛방으로 무엇을 가

지러 간 동안에 영옥이가 읽던 앙리 포 앙카레*의 만근의 사상『만근輓近의사상思想』이라는 책장을 뒤졌다 그 책 속에는 책장마다

"너희들 어떻게 곤란하더라도 희망하여라"하는 포 앙카레의 격언이 연필로 쓰여 있었다 감각이 민활한 순희는 그 동무가

"무엇을 이렇게 희망하누" 하고 그 심경을 암연히 헤아려 보았다 그는 생각하였다

"이애가변하여젓다 혼인 안 할 때보단! 또 엊저녁 일도 변조變調가 아닐까? 의복을 잘 선택해 입기로 유명한 애가 시커먼 더러운 흑 모시치마를 왜 입고 왔니? 그래도 음악을 잘 들을 줄 아는 청중에 하나였으니까 고마웠지마는 필경 내가 아직 몰랐던 비밀을 저 혼자 가지고 있던 것이다 옳지 그 애와 내가 우연한 일로 감정을 상하여서 1년 간 절교 상태에 이르렀던 일이 있었다 그동안에 그 애는 고학한다고 하던 일이 그 연가미연가 하게 아직 내 기억에 남아 있는 듯하다"

六

이렇게 천만리나 먼 7년 전에 상상의 나래를 펼칠 때 꿈인가 놀라게 한 만두 파는 여자고 학생이 하얀 솔로

---

* 앙리 푸엥카레(Henri Poincare, 1854. 4. 29 ~ 1912. 7. 17). 프랑스의 수학자 · 물리학자 · 천문학자 · 과학사상가.

그 얼굴 윤곽을 가리고 방으로 들어오면서 "저는 고학생이올시다 이것을 좀 팔아주십시오 당신 같은 어른이 이것을 잡수시라고 생각지 못합니다마는 저를 도우시는 줄 아시고……" 하였다 그 여자 고학생은 여름에 검은 치마와 자주 저고리를 입었다 그 앞에 내려놓는 목판에는 만주의 그림자도 없었다 순희는 눈을 날카롭게 떠보았다 대리석으로 깎은 듯이 코 날 서고 그 검은 보석 같은 두 눈 젖을 빨고 싶어 하는 작은 입 그것은 영옥의 것이었다 누가 서울안에 하나이라고 칭찬한 아름다운 조건이었다

"이 애가 더운데 무슨 장난이냐 너 그전에 고학한다고 하더니 그 모양이냐? 호호"하고 웃을 수밖에 없었다

"아니아애! 내가 그중 희망에 찼던 왕녀 시대란다 나는 이때 누구를 만났다 나는 그이를 못 잊고 있다 그때 만났던 이를 나는 사랑한다 그러나 나는 칠 년 간이나 그이를 남모르게 지키고 있었지마는 그만 낙심해서 그 더러운 학교장의 음모를 입게 되자 팔 개월 전에 이서 씨와 결혼하였다 그런데 그이는 며칠 전에 귀국하셨다고 신문에 쓰여 있더니 어제 아침에 개성에 오셔서 이 정자에 계시다가 공교하게 내가 음악회에 갈 때 동행하여 주셨다 서로 아는지 모르는지 말도 하지 않으면서 내가 이(정자문)을 나설 때 같이 나서서 보조를 같이 하시다가 같이 전차에 올라서 갔었다 그

141

이는 내가 칠년 전에도 이 꼴을 하고 뵈었으니까 분명
히는 나를 모르실 터인데 아마 내 모양이 그이의 마음
속에 숨어 있는 무엇을 이끌어낸 듯 한 지 나를 퍽 주
목하시더라 여기 있는 할아범에게 들으니까 그이의
아내는 이년 전에 세상을 떠나고 그이는 본래 손 적은
집에 태어나서 친척도 많지 않으신 터인데 죽은 처가
에서 그 재산을 정리하신다더라 그렇지만 나는 할 수
있는 대로 그이를 모르는 체하려고 하는데 내 마음 속
밑으로 솟아오르는 내 순정純情이 그이를 향하고 넘쳐
흐르는 듯하다 내가 이후에 더 어찌하면 좋으랴? 나는
서병호 씨를 퍽 사랑하려고 힘을 써왔다 하지만 더 이
상 나를 학대할 수가 없어졌다" 하고 창연히 말을 끊
었다

五*

"그렇더라도 그 누더기 옷이나 벗고 이야기 하려므
나 이 더위에" 하고 순희는 측은한 눈물을 흘렸다 그는
더 감격한 음성으로 호소하듯이

"아니다! 내게야말로 이 옷은 곤룡포란다 나는 그전
에 교사 노릇할 때는 그렇게까지 안 하였지만 서 씨와
결혼한 뒤로는 방향 잃은 동경에 내 마음이 아플 때마

* '칠七'의 오식.

142

다 이 옷을 입어보고 위로를 삼았다 내가 칠년 전 겨울에 그 이듬해 겨울이면 졸업할 학교 월사금이 밀려서 학교에 못 가게 되었을 때 나는 하는 수없이 나는 지금 이 모양을 하고 정거장 앞에 섰었다 그때 외국으로 가노라고 하던 23,4세의 학생에게 나는 먼저 하던 모양을 하였더니 그이는 동행하던 이에게 말을 해서 돈 오원을 얻어주었다 돈을 주면서 그이는 공부 잘하라고 거듭 말하였다 그 돈 5원으로 얼마나 결박을 줄리었겠니 그 봄에 나는 아주 좋은 성적으로 졸업하지 않았니? 그때 그는 내게 생기를 불어넣었던 것이다 그이가 막 떠나려고 할 때 나는 플랫폼까지 갔더니 아무쪼록 나더러 공부 잘하라고 하면서 5,6년 후에는 내가 돌아올 때니 그때까지 공부 잘하여서 사회를 위하여 일 많이 하는 여자가 되라고 하더라 그러면서 나중에 나더러 고운 얼굴 전체를 못 보았으니까 혹 이후에 아는 체해주지 않으면 자기는 모를시 모른다고 내가 얼굴 가린 것을 섭섭히 알더라 그러자 종이 울려서 우리는 점점 떠나서 보이지 않게 되었다"

七*

순희야 내가 지금 어찌하면 좋으냐 나는 시방 앉으

---

* '팔八'의 오식.

나 서나 편안치 못할 뿐이다 그는 지금에도 나를 퍽 주
목은 하시지만 그렇다고 내가 그의 마음 전부야 어찌
알겠니 또 그때만 하더라도 그이가 돈 많은 이여서 나
를 동정하여 주셨는지 나는 도무지 헤아릴 수 없다 그
러면서도 내가 그이를 못 잊고 있는 것은 사실이다 아
아 그이를 나는 사랑한다 또 그이가 나를 사랑하도록
희망한다 하고 영옥이는 한 끝에 이른 흥분으로써 하
소하엿다

"영옥이 영옥아 너는" 하고 순희는 그 벗을 위하여
울면서 "너는 서 씨에게서 나와야 한다 애정 없는 부
부 생활은 매음이 아니냐" 하고 그는 그 벗에게 의리부
터 가르쳤다

이때마침 저편 길로 이들의 무대를 향하고 걸어오는
청년 두 사람이 있었다 인사를 잊을 만치 흥분된 그들
은 그 놀라운 인기척을 살필 수가 없었다

"아차 저 색시다! 내가 칠년 전에 남대문역에서 보
았던 그이다!" 하고 영옥이와 순희가 사람 순희가 사
람 몰래 의논하고 있던 곳을 쳐들어온 괴한 두 명이 있
었다

"영옥이는 어디 갔습니까?"

하고 또 한 명이 말했다

순희는 무엇을 결심한 듯이 올맺은 적은 얼굴을 맑
게 해가지고

"서 선생 미안합니다마는 이후로는 다시 영옥이를 찾지 마십시오 그는 영원히 선생님의 곁을 떠나버렸습니다 부디 저 하늘 나는 작은 새에게 자유를 주는 자연의 마음과 같이 영옥에게도 자유스럽게 하여 주십시오 그는 한 가난한 여자로서 얼어 죽는 것을 데어 죽는 것보다 무섭게 알았던 여자입니다 그는 불향한 경우에 서 선생님의 열정에 속았던 것입니다 아니 그의 마음 속 밑에 있던 그 동경조차 일시 그를 잊었던 것입니다 그러나 인류의 영원을 계통해온 우리의 이상이 끊을 듯 끊을 듯하게 이어오는 것 같이 외부의 사정으로 실현 못 되던 일들도 내부의 반항으로 불순한 연결은 끊어버리고 다시 순화純化되어서 목적지를 향하여 싸워 나가라고 수단을 다하여 봅니다"하였다

이 광경을 본 풍채 좋은 청년은 좌우 손을 맞잡고 기쁨과 두려움이 서로 어우러지는 듯이 맞비볐다 영옥이는 돌아와서 숙인 머리를 들지 못하고 있었다 서병호는 노기등등하여서

"뭐요 영옥이가 나를 버리고 가겠습니까 믿고 갈 데가 없어서 내게로 왔던 영옥이가 병으로 나를 싫어하면 했지 당신이 꾀어낸 것이구려" 하고 순희에게 도전하였다

"이것 보십시오" 하고 순희는 음성을 높이면서 "사람은 언제든지 자기를 믿고 사는 것입니다 외롭고 갈

데 없는 사람일수록 자유를 구하는 마음은 더욱 커지는 것입니다 내가 꾀어냈다는 그런 말씀을 하시는 당신은 적어도 영옥이와 나와의 두 사람의 인격 외에 세기와 시대도 자기도 모욕하신 것입니다"하고 더 빨갛게 되었다 서 씨는 도전하듯이 "아니오"하고 부르르 떨다가

"여자 된 버릇이 남자 앞에서 어려운 문구를 늘어놓는다고 잘한 것이 아니오 어서 내 아내를 찾아내시오 설마 저기 돌아섰는지 저 거지 계집이 서영옥이는 아니지요" 하였다

순희는 부르쥐었던 작은 주먹을 더 단단히 쥐고 다시 떨리는 입술을 열어

"여기 서 있는 처녀는 박영옥이라는 저─7년 전에 남대문 역에서 만두를 팔다가 외국 가던 학생에게 구원을 받은 거지 계집애입니다 서徐무엇이라는지 독한 청혼에 속아서 몸을 팔고 그 종이 된 이는 결코 아니지요"하고 순희는 번개 같이 그 몸을 움직이며 영옥을 돌려 세우며

"자─저기는 칠년 전에 너와 만났던 어른이 계시다 너는 지금 저 어른에게 네 생사를 물어라"하였다 청년은 용맹스럽게

"얼마나 오래 고생하셨습니까 저는 공부하는 것만 목적이 아니었건마는 약한 종족의 하나이었으니까 공부할 책임도 커서 귀국하기까지 지체 되었습니다"

八*

"저는 그때 불란서에서 조선서 오는 ××일보를 보고 당신이 박영옥이라는 재원인 줄을 알았지요 실례되지만은 당신은 내게 빼어내지 못할 무엇을 주셨습니다 그러나 나는 수학하는 신세인 고로 또 당신의 처지를 분명히 몰랐었음으로 이런 난경에 서게 되었습니다 영옥 씨 아니 가장 아름다운 이! 불쌍한 당신을 나는 사랑합니다 그러므로 나는 어젯밤과 오늘 아침에 당신을 괴롭힌 것입니다 자─지금은 그 숄을 벗으시오" 하였다 영옥은 돌아서서 숄을 벗고 최 씨에게 정면하고 섰다 그 얼굴을 기쁜 설움에 질려 있다

"이 음란한 것들 나가거라!" 하고 청년의 태도를 이상하게 보던 서병호 씨는 광인 같이 소리쳤다

"여기는 최종일의 집은 아닙니다 여기 모인 사람들 중에는 당신밖에 이 집을 속히 나가야 할 사람은 없습니다" 하고 웃으면서 "저 이름도 모르던 처녀는 내 마음 속에서 우러나는 가장 아름다운 말씀들을 다 드려야 할 내 영원한 동경입니다 자 왕녀 같은 처녀가 아닙니까 저 이더러 누가 정조 잃은 처녀라 하겠습니까 더군다나 저이의 팔 개월 간 사람을 금전으로 사는 줄 아는 누구와의 부부생활이 더 저이를 깨끗하게 하였을 것입니다 그것은 지옥에 빠진 자들에게 하늘 높이

---

* '구九'의 오식

가 뵈여지듯이일코우는 어린 여자에게는 지키고 기뻐
하는 일이 한껏 부러웠을 것입니다』하고 최종일 씨가
말을 맞출 때 지난날의 흰 목단 같았을 영옥의 얼굴이
여지없이 수척하여 흑 보석 같은 눈을 달고 사랑 초초
한 처녀의 얼굴이 분명하였다 그 이튿날 눈이 점점 흐
리어 그만 뜨거운 눈물을 흘렸다

　서병호 씨는 미끼를 잃은 동물 같이 중얼거리며 욕
심에 흐린 눈으로 영옥을 보고
　"흥 너도 25살이나 되어서 말 나빠진 꼴하고"하였
다 영옥은 입을 비죽비죽 하면서
　"나는 당신을 불쌍히 여겨서 사람 하나 살리는 줄 알
고 당신을 부조하였던 것입니다 저 최종일 씨가 내가
가리킨 정온溫情이었습니다"하고 비로소 말하였다 한
참 가만있던 순희는 서 씨를 보고 비웃는 듯이
　"흥 사람은 생명 있는 유기체라나"하였다
　그들은 서로 생명을 걸고 오래 싸웠다 서 씨는 실
패할 수밖에 없었다

　이날 저녁에 동숭동 최종일의 산정에는 큰 불이 일
어났다 좋은 집이 탄다고 사람들은 설워하였다 그러
나 그 불덩이 속에 소리 들리어 이르되 "사랑하는 이
여 아름다운 말 전부는 너의 이름이다"하고
　"나는 사랑한다!"

"나는 사랑한다!"

하더라

— 이글은 7월 7일 七月七日 음악회 音樂會에
동반 同伴하여준 YS에게 준다— 퍽 곤란 困難한 초고 草稿였다

作者

(7월 7일 七月十六日 초고 草稿)

《동아일보》 1926. 8.17 / 8.21 / 8.23∼25 / 8.27 / 9.1∼3

모르는 사람 같이 (콩트)

쾌청한 가을 날씨였다. 성균관 앞에 드높은 포플러 나무들이 맑은 해 빛을 받아 저 파란 하늘 한폭에 황금 빛을 휘풀어 그으려는 듯이 높이 높이 빛 날리고 있었다.

그 밑에 나이 25-6세나 된 부인이 파란 치마에 눈빛같이 흰 저고리를 넉넉히 지어 입고 여기저기 늘어진 낙엽을 사분사분 밟으며 지난봄에 이 근처 어디 피었던 꽃 종자를 찾는지…… 고상한 자태에도 인간고人間苦를 퍽 느끼는 듯이 이윽도록 배회하고 있었다.

균관 담 밑에 흩어진 은행나무 잎을 줍는 어린애들이 이상한 시선으로 이따금 그의 자태를 탐내듯이 훑어보았다.

개천가에서 빨래하는 여자들, 물 긷는 여자들, 줄넘기하는 아이들, 뛰넘기하는 아이들 할 것 없이 못 다하던 동작을 멈추고 황홀히 그의 종용한 배회를 바라보았다.

숭삼동崇三洞 산기슭으로 가는 자동차객이 성균관 모퉁이에서 내려 청화원을 가리킨 방향으로 기생을 동반하여 가다가도 물끄러미 서서 고아같다.

— 한 번 잘났는 걸.

— 퍽 젊지 않은데.

— 글쎄 어디 외국이나 갔다 온 여자 같구려.

— 한 번 저만치 나고볼 것이다.

하는 따위의 사양 없는 비평을 하고 지나갔다.

그러나 이러한 비평이나 주목이 그의 고요한 배회를 멈출 수 없었다.

이윽하야 성균관 북편길로부터 정문 앞을 지나 호호 늙은 노파가 위풍이 늠름한 청년 신사를 앞세우고 이리저리 휘둘러보며 무엇을 찾다가 그가 배회하는 포플러 수림 속으로 총총히 걸어왔다.

— 순실 씨.

나지막이 음향 좋은 목소리가 그를 불렀다. 그이는 순실이라고 부르는 소리에 그 찬란한 시선을 부르는 편으로 향하였다. 노파는 무엇을 생각하였는지,

— 관세음보살.

이 빠진 소리로 부르짖고 얼굴을 돌렸다.

순실이는 냉정한 발걸음을 천천히 옮기어 청년의 앞으로 가까이 왔다.

— 산보하세요?

청년은 비창한 어조로 여자에게 말을 걸었다.

— 창일 씨입니까? 어떻게 오셨어요?

어딘지 서른음성으로 대답하였다.

그리고 십분, 이십분, 이 청년 남녀는 얼굴을 돌리고 아무 소리도 없었다. 노파는 그 옆으로 다가서며

— 관세음보살, 얼마 만에 만났어요. 아씨, 서방님,

이야기 많이 하십시오. 할멈은 갑니다. 왜 잠자코들 계십니까? 이이구 두 분이 다우시네. 관세음보살. 남의 눈에도 저렇게 나란히 서신 것은 부부 같이 밖에 안 보일 터인데, 관세음보살.

노파는 본래 오던 길로 돌아가 버렸다.

사면사방으로 걸어가던 사람마다, 이 청년 남녀의 위신 높은 모양을 찬양하듯 바라보았다.

— 시방은 오해가 다 풀리었답니다. 당신을 훼방하던 R군, Y여사는 당신을 비평할 가치도 못 가졌던 것이랍니다. 현재의 내 여편네라는 것도 자기의 순결로 남의 사랑을 깨뜨릴 만치는 못 되던 것이랍니다.

느릿한 음성으로 호소하였다.

— 아니오, 저는 나면서부터 이 세상에 버려졌던 천한 여자랍니다.

쓸쓸히 대답하였다.

— 그 음성, 그 태도는 작년 이때 우리가 이 근처를 거닐면서는 생각지 못하던 것이지요.

— 무엇인지요, 이 거북스러운 태도야말로 정말 저의 것이 아닌가 합니다.

— 생기를 내야 합니다. 잃어버린 우리의 생명을 도로 찾기까지 원기를 내어야 합니다.

— 아무 것을 다 내더라도 흘러내려가는 물결을 다시 붙잡아 머물 수야 있겠어요.

— 그래 우리는 과거의 생명이 어떠합니까?

— 무엇인지요, 저도 양부모의⋯⋯

— 아아

청년은 부르짖었다.

— 체면을 돌아보아야지요⋯⋯. 그러나 내가 세상 밖에 나면서 버려진 곳에, 또 당신에게 바로 결혼 전날 파혼 선고를 받은 이 자리에, 매일 내가 방황하는 꼴이 얼마나 내게는 어울리는 일이겠습니까? 저는 결코 R씨, Y여사 같은 이들에게 비평 들을 일을 조금도 가지지 않은 줄 알았지마는, 그것을 변명도 못한 것은 내가 이 세상 밖에 나오면서 이 근처 어디 버려졌던 아이인 것을 평생 부끄럽게 여기는 탓입니다.

여자의 음성은 강경하였다.

— 아아 우리는 장차 어찌하여야 합니까? 남의 과실로 우리는 희생되어야 합니까?

— 차라리 우리의 과실이라는 편이 낫지마는, 자연에 맡긴 셈 치지요.

— 당신은 너무도 냉정합니다. 당신의 물건이든 남자가 남에게 도적을 맞았다가 회복된 이때, 당신은 그처럼 냉정할 수가 있습니까?

— 뭐예요?

— 네?

여자는 명랑한 시선을 남자에게 던졌다. 남자는 우울한 눈을 가을 잔디 위에 맥없이 떨어뜨렸다.

쓸쓸한 그들의 침묵이 다시 계속되었다.

한참 만에 그들은 인사도 없이 북으로 남으로 갈라
져 버렸다. 남자는 울분한 걸음으로, 여자는 냉정한
고요한 걸음으로. 할멈이 와서 또 다시

— 관세음보살.

을 부를 때에는, 여자는 어느 문으로 들어갔던지, 남
의 집 후원인 창덕궁 동북 편 담 밑에 서 있었고, 남자
는 벌써 그림자조차 보이지 않았다.

『문예공론』 1929.5

김소월처럼 한국인의 민족적 정감이 깊이
담긴 고통과 사랑의 언어

신현림

김명순, 그녀를 위해 나는 꽃을 샀다. 그녀의 문학을 매장시키고 조국에서 추방시킨 온갖 루머와 상처를 풀어드리고 싶어 침향을 피웠다. 침향은 실타래처럼 풀어져갔다. 흰 연기도 가늘게 피어났다. 나는 기도를 드리며 되뇌었다. 얼마나 고생이 많았느냐고, 얼마나 배곯다 미쳐 죽어갔느냐고 그녀의 고운 머리칼을 쓰다듬으며 울어주고 싶었다. 이제 당신은 당연히 한국 대표시인이며, 아름답고 아픈 시를 사랑하는 한국인들이 참으로 많아질 거라고 되뇌었다. 김소월만큼 당신을 귀하게 여길 거라고. 당신의 시 두벌꽃처럼 꽃지고 난 후 새순에서 다시 피는 꽃인듯 살아나는 그녀를 생각하였다.

세계사, 문학과 예술의 역사는 남성들의 역사였다. 남성에 의해 재단되고 선택되어왔다. 역시 그녀도 남성들 세계에서 지워진 의식 있고, 유능하고 고결한 정신을 가진 여성이었다. 한국시문학사에서의 선구적인 위치에 있음에도 정당한 평가를 못받은 채 80년 가까이 묻혀 있었다. 김명순의 시세계는 백석보다 먼저 평안도 방언이 빛나 있었다. 김소월처럼 한국인의 민족적 정감과 서정이 깊이 담겨있다. 섬세하게, 사랑의 언어로 자전적인 뼈아픈 고통과 시대적인 설움이 뒤섞인 채로 애절하기만 하다. 그녀는 살아서 진지한 평가는 커녕 그동안 완전히 매장된 상태였다. 김명순의 조명은 너무 늦지만, 너무나 소중한 한국문학사의 재발견이다.

김명순은 누구인가. 어떤 시인이었는가.

우연히 여성신문에서 그녀의 기사를 보게 되었다. 오래전 문학사의 기록에서 전혀 못보았던 그녀였기에 놀랍고 새로웠다. 이후 도서관에서 그녀 시와 많은 자료를 찾으면서 그녀를 하나씩 알아갔다. 내 일을 도와준 20대 인생후배는 김소월 시보다 더 좋다는 의견이었다. 비교할 것은 아니지만 일제 강점기 그 어떤 남성시인들을 넘어서는 역량을 보여주었다고 느껴졌다. 이 의견에 힘입어 더 찾아보게 되었다. 드디어 등단 백년 기념 행사가 조용히 기지개를 켜면서 살아서 남성위주의 문단에서 매장당했던 김명순은 죽어서 다시 태어나고 있다. 등단 100년의 김명순의 시세계는 김소월과 맞닿은 한국인의 민족적 정감과 서정이 깊이 배여있다. 그리고 「시詩로 쓴 반생기」는 백석의 시들만큼 값지고, 아주 좋았다. 그녀의 언어는 감정을 파고드는 언어였다. 사랑의 언어였다. 원래 시는 사랑의 고백과도 같은 것이다. 그녀의 시는 민감하게 깨어있고, 민감하게 대항하는 직관적인 언어로 흩날린다.

그녀가 시 발표 마지막 시간으로 향해 가던 1938년의 작품「두벌꽃」을 보더라도 김소월과 맞닿는 한국인의 민족적 서정이 짙게 스며있다. 거기에 자전적인 아픔이 뒤섞여 애절하기 그지없다.

　　일찍 핀 앉은뱅이 /봄을 맞으려고/피었으나 꼭 한송이/ 그야 너무 적으나 /두더지의 맘 땅속에
　　숨어/흙 패여 길 갈 때// 내 적은 꼭 한 생각/ 너무 춥던 설움에는/구름감취는 애달픔/ 그야 너무
　　괴로우나/감람색甘藍色의 하늘 위에 숨겨서/ 다시 한송이 피울까

　그는 18살에 '망양초'라는 이름으로, 최남선·이광수가 주재한『청춘』현상문에 입선해 등단했다. 시집『생명의 과실』을 비롯해 다수의 소설을 발표했다. 1920년대, 그녀는 "조선 최초의 여성 작가"로 떠올랐다. 동인지『창조』의 유일한 여성 동인이 됐고, 한국과 일본을 넘나들며 이광수, 김동인 등 당대 문인들의 찬사 속에서 시, 소설, 희곡, 수필 등 수십 편의 작품을 썼다.

누가 김명순을 매장시켰는가

이 질문은 누가 여성과 이 세상 생각을 만들었으며, 누가 세상을 뒤흔들어 왔는가, 에 대한 질문과도 이어질 것이다. 엄밀히 말해 세계사, 문학과 예술의 역사는 남성들의 역사였다. 남성에 의해 재단되고 선택되어왔다. 당시 조국은 일본에 강탈당했고, 그녀의 몸도 사귀는 남자에게 강탈당했고, 이별을 통보받고, 매스컴에서 당대 저명한 시인소설가 김명순의 진실을 왜곡했고, 문단의 남성작가들조차 떠도는 루머였던 그녀 인생얘기를 지멋대로 이용해 글 써먹었고, 소외시키고, 결국 매장시켰다. 김동인 소설로 「김연실전」(1939)이 그것이다. 기생 출신 어머니의 '나쁜 피'를 받은 신여성이 자유연애 행각을 벌이다 파멸한다는 이야기. 이 소설의 모델은 탄실 김명순이었다. 김동인의 대표적인 단편소설인 「발가락이 닮았다」의 모델이 염상섭으로 악명이 자자했다는데, 또 김명순이 엄청난 악성 루머로 시달리고 깊디 깊게 상처받은 이야기를 사실처럼 소설로 연재했다. 더군다나 김명순이 오빠처럼 여겼음에도 죄의식없이 진실을 헤아리지도 않고 루머를 그대로 이용해 소설을 쓴 것이다. 친일행적에도 놀랐는데, 뒤늦게 밝혀지는 이 사실에도 그저 놀랄따름이다. 100년 가까이 지나면 이렇게 우리가 주입식으로 받은 교육이 얼마나 정치적으로 사용되었는가 깨닫고 허탈해진다. 그리고 팔봉 김기진은 김명순

을 임노월의 맹목적 추종자로 매도했으며, 더이상 창
작할 수 없을만치 모욕했다고 한다. 여기에 춘원과 방
정환 등의 당시 문학권력이 배후에 있었단 사실을 분
명히 우리는 기억하고 문학적 재평가와 올바른 인식
이 필요하다. 김명순의 문학을 피해의식이 깃들었다
말하는 평자가 있다면 그녀의 글과 인생을 더 들여다
보라고 말하고 싶다. 불의하고, 말도 안되는 남성권
위주의 앞에 김명순은 오직 미학적인 창작예술로 대
항하려 사력을 다했다. 그런데 여기에 전영택은 '내가
아는 김명순'에서 "김명순은 변변한 작품 한 편을 남
기지 못하고 마지막에 정신을 잃어버리고 구걸을 해
서 연명하다"간 불행한 시인이라 썼다 한다. 잘못 쓰
면 펜은 펜이 아니라 총과 칼이다. 잘 알지도 못하고
써댄 글로 남도 망치고, 스스로 인격과 작품성까지도
신뢰감을 떨어뜨리고 있다. 여기에는 5개국어를 하
고, 시와 소설, 희곡까지 썼고, 당대 유명했기에 받았
을 질투와 시샘도 적지 않았을 것이다. 어쨌든 후손의
입장에서 문학과 인생이 무언지 다시 묻게 될 만치 참
부끄럽다. 김명순의 귀한 작품들은 광복이후 문학전
집등 문학사에서 빠져 있음은 어쩔 수 없이 남성들이
쓴 문학사의 한계를 보여준다. 오래된 관습을 털고 정
직하고 공정한 시선이란 늘 그리운 보석이다. 권력을
누리는 사람들이 놓치는 것이 정직하고 공정하고, 사
려깊은 시선이 아닐까 한다. 더군다나 일제 암흑기의

159

문단 권력자들에게 무얼 기대할 수 있을까.

결국 김명순은 이런 끔찍한 루머에 시달리다가 일본으로 건너갔다. 생각할수록 비인간적 폭력이며, 잔혹한 추방이었다. 당대 최초의 서양 화가이며 문필가며, 진보적 여성 운동가였던 나혜석이 무덤조차 찾을 수 없는 무연고 행려병자로 삶을 마쳤듯이, 그녀도 움막 속에서 양아들과 비참하게 살다가 미쳐 비극적인 삶을 마감했다는 설 앞에 1백년이 지난 독자들은 무엇을 생각할까. 가부장제 사회의 이데올로기의 정조에 대한 관습과 횡포가, 또한 그 속에서 자란 남자들에 의해 당대를 이끈 재능과 의식을 가진 여성이 어떻게 쫓겨나고 매장 당했는지 그녀의 시를 읽는 내내 눈시울이 뜨거워질 것이다.

김명순은 철저히 가부장적 사회의 남성작가들에 의한 디아스포라 Diaspora였다.

그녀는 디아스포라 Diaspora에 속한다. 디아스포라 는 그리스어 διασπορά에서 온 말로 '씨를 뿌린다'의 뜻이며, 일반적으로 고국을 떠나 살고 있는 '이산의 백성'이거나 '추방당한 사람들'을 말한다. 우리나라 경우는 재일조선인, 조선족, 고려인, 이주노동자, 국외입양자들을 말할 수 있겠다. 김명순에 있어서는 자유의지에 의한 것이 아니라 철저히 가부장적 사회의 남성작가들에 의한 박해와 추방이었다. 김명순을 소외시키고, 고국에서 쫓아냈다고 말해도 과언이 아니다.

김명순은 학식에 주린 우리 민족을 구하고픈 열망에 뜨거웠고, 남녀 불평등 세상에 대항한 미학적인 작품을 남긴 1세대 여성시인이었다

김명순은 1세대 여성시인으로 신여성의 자의식이 뚜렷하게 드리운 시작품을 많이 남겼다. 그녀의 시에서 피해의식을 운운하는 평문 조차도 남성 위주의 가치관의 굴종적 영향에서 나온 의견일 뿐이다. 그녀는 남녀차이의 적극적인 극복과 여성의 순종과 정절을 요구하는 이상한 불평을 뛰어넘으려는 몸부림과 내밀한 절규가 시속에 깊이 배여 있다. 또한 일본 강점기의 혹독한 조국 현실에 분노했고, 나라를 구하고 민족 발전을 위한 지식인의 사명을 가졌었다. 그것을 읽을 수 있는 김명순의 「시詩로 쓴 반생기」의 다음 구절이 있다. 이 시는 백석에 비견되거나 앞선다는 생각이 든다. 평안도 방언을 살려 우리의 전통과 당대의 문화를 살필 수 있는 값진 작품이다. 그녀가 조국을 구하고픈 열망이 얼마나 컸던지 살필 수 있다.

야학교안에는 여급의 전횡
성당안에는 스파이종류種類의 출몰
사람을낚는 총銃알 눈동자들

외로운 내한몸 의심疑心스러웟든가

머리를 숙이고 생각하여도
동경인사 반갑지안코
고난스런 살림 칠,팔년에
열렬한 정열올라왔다.

그학교學校 그성당聖堂 그대로
우리조선에 옮겨 올까
학식에 주린 우리들
정결한 마음씨로 오리랄가

김명순은 당당히 조국에 살고 싶어했다. 학식에 주
린 우리 민족을 구하고픈 열망과 고뇌는 자신의 참담
한 생활의 고뇌만큼 컸다. 이제라도 그녀를 매장했던
당대 문학에서 정당한 평가와 자리매김으로 그녀를
애도하고 싶다

그녀를 위해 산 꽃의 향기와 침향은 100년의 시간을
흐릿하게 지워가고 있다. 인생이 허망할지라도 무언
가 조금씩 진실되게 바꾸고, 바뀌지는 것이 눈물겹다.
자살하거나, 포기하지 않고 치열하게 작품을 남겨준
그녀가 고맙다. 그 작품들이 남아 한 시대의 증거하고
있다. 당대의 풍경과 색과, 감각, 향기가 100년 가까이 거짓루머와 거짓말들로 그녀가 어떻게 매장 당했는지 적나라하게 보여주고 있다. 이를 온 국민이 진실을 알고 그녀만의 한국의 정감을 애절하게 표현한 시들이 많이 사랑받길 바란다.

* 신현림(시인. 사진작가) 시집 『지루한 세상에 불타는 구두를 던져라』 『세기말 블루스』 『해질녘에 아픈 사람』 『침대를 타고 달렸어』 『반지하 앨리스』와 『미술관에서 읽은 시』 『딸아, 외로울 때 시를 읽으렴』 등 시엮음집이 있다. 사진작가로 〈사과밭사진전〉으로 2012년 "울산국제사진페스티발"에 한국작가 대표로선정. 도서출판 사과꽃 대표로 『한국 대표시 다시 찾기』 프로젝트를 진행중.

시인의 자료

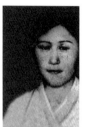

13세때 시인

그대같이 순결하려고
바다에서 산에서
노래했답니다.
그리하여 맑고 고운
내 노래는
모두 다 그대에게
드렸더니
온 세상은
태평하옵니다.

시인의 18세 /솔뫼출판사의 『김탄실 나는 사랑한다』에 실린 김명순.

『애인의 선물』
출간당시 모습

김명순의 2창작집
『애인의 선물』표지.

김명순의 첫 번째 창작집
『생명의 과실』표지
2002년 말까지 안알려진
창작집
회동서관에서 발행.
출간시기를 알 수 없다.

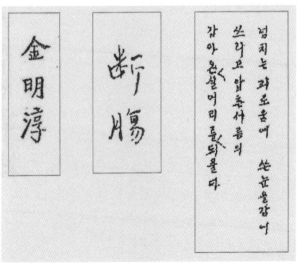

김명순의 육필

김명순 시인 연보

1896년 1월 20일 (1세) 평안남도 평양군 융덕면 1리 3통 1호에서 김희경金義庚의 소실 김인숙金仁淑의 서장녀로 태어남. 아명이었단 '탄실彈實'은 이후 작가가 즐겨 사용한 필명.

1902년 (6세) 평양 남산현학교南山峴學校에 입학하여 1년 반 만에 3학년으로 진급하였다. 어린 나이였지만 평남 갑부인 아버지 덕에 비단옷만 입고 자랐다. 영특해서 학교 선생님들의 총애를 받았다.

1904년 (8세) 학교 연극에서 한 '유태인' 역할로 분노한 아버지는 딸을 사창골 야소학교로 전학. 1906년 서울로 유학.

1909년 (13세) 진명여학교 보통과 2학년 입학. 진명여학교 학적부에 '김기정金箕貞'이란 이름도 사용했다 함. 가족과 떨어진 기숙사생활의 고통은 여러 작품에서 보여진다. 상경후 모친의 사망.

1910년 (14세) 아버지의 소천. 가세가 기울었다.

1911년(15세) 진명여학교 보통과 마친 후 중학과입학. '병기위하향病氣爲下鄕'로 퇴학으로 학적부기록.

1913년 (17세) 아버지 소천으로 힘든 상황에서 김명순은 일본으로 유학을 떠났다. 김명순은 1913년 4월 4일에 다시 진명여학교에 돌아왔다가 같은 해 9월 동경유학. 숙명여자보통고등학교 학적부(1897년 출생 기준) 18 세(1913)에 일본에서 2학기까지 재학했다고 함.

2015년 (19세) 숙부 소개로 만난 이응준에게 강간당하고 결혼도 거절당하자 자살시도. 일본과 조선 언론에 실려 스캔들로 졸업생 명단에서 삭제 당했고, 이때 동경의 신 문 기사에 아름답고 둥근 얼굴의 김명순으로 소개. 《매 일신보》에서 3회 김명순의 행방불명과 이응준과의 결 혼문제 기사로 조선에서도 떠들썩했다고 함. 자전소설 「탄실이와 주영이」에서 일본 체류 체험이라 여겨지는 내용이 나옴.

1916년 (20세) 4월 숙명여고등보통학교에 입학 1917년 졸업. 《청춘》에서 '특별대현상'에 단편소설 「의심疑心 의소녀少女」가 3등 당선, 문단에 데뷔. 이때 심사를 맡 았던 이광수는 "나는 조선문단에서 교훈적이라는 구투 를 완전히 탈각한 소설로는 외람하나마 내 「무정」과 진 순성군의 「부르지짐」과 그 다음에는 이 「의심의 소녀」 뿐인가 합니다"라고 호평.

1918년 (22세) 두 번째로 일본 유학. 김명순은 음악을 전 공해서인지 그녀 작품은 리듬을 중시하는 느낌이 강함. 1918년~1920년 사이에는 동경 여학생들의 발간잡지 『여자계』에 수필과 소설 발표. 본격 창작활동 시작. 자전적 소설로 판단되는 「칠면조七面鳥」에 동경에서 피아노를 공부하는 여주인공이 나온다.

1920년 (24세) 『창조』의 동인이 되면서 우리 근대문학 최초의 여성 동인으로 작품 「조로朝露의 화몽花夢」을 발표. 『창조』의 '남은 말'에 "동경음악학재학중"이란 문구가 있음.

1921년 (25세) 이유없이 창조의 동인 자격 상실. 그때 김찬영이 새 동인으로 들어왔고, 김명순의 두 번째 유학 때 김찬영, 임노월 등과 차례로 연애 스캔들이 있었다 함. 미확인 사실로 차 한잔 마셔도 스캔들로 번지기도 하는 게 인생인데, 당대에 유명인이라 더 크게 루머로 번졌을 수도 있음. 1921년 시 「환상幻想」 번역소설 「상봉相逢」, 1921년과 1922년 사이에 소설 「칠면조」가 『개벽』에 발표 등으로 보아서 문학활동이 치열했다.

1922년~1923년 (26~27세) 귀국한 김명순은 『개벽』 등 여러 시를 발표, 「표현파表現派의시詩」, 「상봉相逢」 등 번역가로서 역량도 내보임. 평양과 서울을 오가며 1923년에는 첫 희곡 작품 「어붓자식」을 발표.

1924년 (28세) 서울로 상경. 열정적으로 질적으로나 작품량으로나 전성기를 펼친다. 1924년에는 시, 번역시, 소설, 수필 등 다방면에서 활동을 펼친다. 『폐허』의 뒤를 이어 1924년 『폐허이후』의 동인으로 참여. 이 폐허 동인들 중 김명순과의 「탄실이」라는 시를 발표한 김억

과의 교유가 있었다 하고, 이병도가 어려워진 김명순을 집에 묶게 해줌. 당시 《조선일보》에 「탄실이와 주영이」는 자전소설로 발표. 이 소설을 집필한 데에는 나카니시 이노스케中西伊之助의 『너희들의 등 뒤에서汝等の背後より』의 주인공 '권주영'이 자신을 모델로 한 것이라는 당시의 소문에 대항하고자 한 것이 하나의 이유가 되었다지만 미완성연재였다고 함.

1926년 (30세) 조선 문사 28인의 걸작을 모아 편찬한 『조선시인선집』에 유일한 여성시인인만큼 사회와 문단의 관심이 이때까지 이어짐. 4월 『조선문단』에 실린 소설 「손님」은 여성작가 소설 기획란에 나혜석, 김일엽, 전유덕의 소설과 함께 수록. 11월에는 《매일신보》의 연작소설 「홍한녹수」 연재분은 후에 개작되어 두 번째 창작집인 『애인愛人의선물』에 실림.

1927년 (31세) 1월에는 두 번째 자살시도. 2월 『별건곤』의 「은파리」 기사로 편집자였던 방정환과 차상찬을 명예훼손고소의 필화사건 발생. 해당글은 독신주의 여시인의 후일담이 거론된 사건으로 김명순은 큰 상처를 입었으며 세간에 큰 관심을 끌었다고 함. 김명순은 현대시조로서의 형태로 바꿔 간절하게 창작활동을 펼치려 했으나, 김명순은 문단과 사회로부터의 고립과 소외가 이어졌음. 《매일신보》 기자일도 관둔 김명순은 영화계로 전향을 시도한다. 1927년 8월 28일 《조선일보》에는 김명순의 조선키네마와 계약기사가 실리고, 출연결정 소감인터뷰까지 한 이경손 감독의 「광랑」 제작이 무산된 후 영화배우로 활동은 못했고. 동명이인 여배우의 활동이 문인 김명순의 것으로 오해되어 사실과는 다르다고 전해짐.

1928 (32세) 그동안 안알려진 두 번째 창작집 『애인愛人의선물』이 회동서관에서 간행. 1928년 4월 이후부터 1929년 5월 사이로 발행시기를 추측. 사회적 관심과 문단의 평가, 언급은 전혀 없었다.

1929 (33세) 유일한 발표작 「모르는 사람갓치」는 '콘트(꽁트)'로 표기. 이후 일본행.

1930~1935 (34~39세) 고통이 가장 극심한 세 번째 일본유학. 독일과 프랑스로의 유학이 목표로 공부했지만 생활이 너무나 어려웠다. 이후 '상지대학上智大學'의 독문과도 다니고 1934년 봄 무렵에는 '법정대학法政大學' 불·영·독문과 등에서 청강사실이 전해짐. 조선의 매체에 김명순이 '호콩행상'을 하다 일본인에게 구타를 당한 가십성의 기사가 『삼천리』와 『별건곤』에도 실렸다고 함. 자신에 대한 악평 고발회고로 기사 신뢰는 불확실하나, 김명순이 분명한 주거지를 못가진 만큼 굉장히 생활이 어려울 무렵 어릴 때 믿던 신앙생활을 시작, 가톨릭 귀의로 보인다.

1934년 《동아일보》에 시 작품발표하면서 문학열정은 계속됨. 김명순은 1936년 8월 그리던 조선으로 돌아온다.

1936~1938(40~42세) 그리운 고국으로 귀국. 어려운 생활이 지속됨은 발표 작품으로 짐작. 처음 소년소설, 동화 등을 발표. 1938년 소설「라엘」,「Favorite」을 발표「해저문때」만 최근에 확인되었다고 함.「해저문때」에서 언급한 "수은동授恩洞 뒷골목"에서 거둔 '시몬'이라는 아이로 추측되는 남자 아이 입양함.

1939~1951? (43세~55세) 확인된 마지막 시「그믐밤」을 『삼천리』에 발표. 모든 면에서 극한의 소외와 고난을 겪던 그녀가 일본으로 떠난 것은 김동인의 소설「김연실전」이 1939년 3월 연재시작이 이유라고 전해짐. 이후의 삶은 아이를 데리고 있었고, 7~8년 뒤에 다시 찾아와 자신의 집에서 지내며 문학사를 정서하게 했으며 중・일전쟁 말기에 노자를 주어 일본으로 보낸 이병도의 회고가 있음. 이후 한국에 못돌아온 것으로 이병도의 회고, 그리고 해방 전까지 조선을 왕래와 전영택의 소설에서 일본에서의 비참한 생활과 최후만 확인됨. 그 이후는 추측할 뿐임.

엮은이	신현림 시인, 사진가

여성신문의 기사와 여러 자료, 『김명순 문학선집』(서정자.
님은혜공저.푸른 사상) 정본의 원문을 토대로 김명순 시인
의 한자어, 고어의 뜻을 헤아리며 가독성있게 편집했습니
다. 음악도 전공한 시인이라 의도적으로 리듬을 살려 썼던
강렬한 느낌을 받아 때로는 그녀의 맞춤법을 최대한 존중했
습니다.사적감정에 함몰되지 않으려는 의지도 전해져 와,
시인의 큰 스케일과 섬세함과 고결함을 조화롭게 살리려고
최대한 노력했습니다. 순서도 최대한 시간의 흐름을 따랐
습니다.

한국 대표시 다시 찾기 101

애인의 선물
김명순

1판1쇄인쇄	2018년 1월 25일
1판1쇄발행	2018년 2월 1일
지은이	김명순
펴낸이	신현림
펴낸곳	도서출판 사과꽃
	서울 종로구 옥인길74 (3-31)
이메일	abrosa@hanmail.net
전화	010-9900-4359
등록번호	101-91-32569
등록일	2012년 8월 27일
편집진행	사과꽃
표지디자인	정재완
내지디자인	강지우
인쇄	신도인쇄사

ISBN	979-11-962533-9-4 04810
	979-11-962533-0-1 (세트) 04810

CIP2018001836

값 7,700원